Der Tropfen,

der zögerlich ins

Höhlenbecken fiel

Elias Berg

Der Tropfen, der zögerlich ins Höhlenbecken fiel

Kurzgeschichten

*Bibliografische Information der Deutschen Nationalbibliothek:
Die Deutsche Nationalbibliothek verzeichnet diese Publikation
in der Deutschen Nationalbibliografie; detaillierte bibliografische Daten sind im Internet über dnb.dnb.de abrufbar.*

Copyright © 2021 Elias Berg
Bildnachweis: © Elias Berg
Herstellung und Verlag: BoD – Books on Demand, Norderstedt
ISBN 9783755715580

Für Sabine

Inhaltverzeichnis

Endstation Bronx

*In Gedenken an den kürzlich verstorbenen T.H. McMahon,
der mich daran erinnerte, dass man sein Leben erleben und dessen Geheimnisse ergründen sollte. Wie oft vergessen wir das
eine und wie wenig trauen wir uns selbst das andere zu!*

»B-I-N-G-O!«, rief Captain America mit einer Begeisterung in den Saal, als verkünde er das Paradies auf Erden.

Ich hatte gleich mehrmals auf das Zahlenfeld pochen müssen, ehe der hutzelige Alte mit der Captain-Amerika-Kappe begriff, dass er gewonnen hatte.

Eine Menge alter Leute nahm an der Veranstaltung teil. Schwarze, Weiße, Puerto-Ricaner bunt gemischt, eher weniger gut gekleidet, manche geistig rege, andere etwas skurril oder, mmh, wirr und nicht mehr so ganz bei sich. Eines jedoch verband sie alle: Sie hingen dem Spiel mit einer Inbrunst an, als wäre Bingo der eigentliche Sinn des Lebens. Ihr Sinn. Das, was vom ohnehin erbärmlichen Leben übrig blieb, sobald man alt und nutzlos wurde. Soll bloß keiner kommen und vom Sinn des Lebens erzählen! *Es gibt keinen!*

Ehe ich mich wie diese bedauernswerten Kreaturen hier ins Altersheim stecken lasse, suche ich mir lieber ein einsames Plätzchen in der Nähe von Fire Island – wo Frank und ich öfters zum Jagen waren – und setze meinem Leben ein Ende. Genieße einen letzten Sonnenuntergang in Freiheit, statt ewig zu warten, bis sie die Geräte abstellen. Einen angemessenen Schlussstrich ziehen … dazu sollte man aus eigener Kraft fähig sein, es sei denn, es erwischte einen wie Moe und wäre nicht einmal mehr dazu in der Lage.

Mein Blick fiel auf Moe im Rollstuhl neben mir am Tisch, die entstellte Gesichtshälfte mir zugewandt, halb verdeckt durch strähniges tiefschwarzes Haar, bizarrer Kontrast zu seiner leichenblassen Haut. Nur seine Lippen belebt, doch stumm. Automatisch suchte meine Hand seine Schulter, als versicherte sie ihm, die guten Zeiten kämen wieder. Würden sie nicht.

Nein, Moe hockt hier bis zum Ende seiner Tage, in einem der NYPD T-Shirts, die ursprünglich von Frank stammten und die Moe ausschließlich trägt. Nach einer schweren Kopfverletzung vegetiert er nur noch vor sich hin, kann weder sprechen noch sich anderweitig ausdrücken, hat aber so lange sämtliche Shirts vollgesabbert, bis sie ihm nur noch Franks alte Sachen anzogen. Jetzt schienen seine sonst glanzlosen Augen vor Freude zu strahlen wie damals, als ich ihm eben eines der Shirts aus Franks Fundus mitgebracht hatte.

Ausgerechnet für so 'nen bescheuerten Typen freute Moe sich; für einen, den hier alle nach dem Comichelden Captain America nannten. Der quiekte ein weiteres Mal *Bingo!* Mary Lou, die dicke Puerto-Ricanerin am Nachbartisch, fletschte die Zähne und hob protestierend ihren Talisman hoch, einen trommelnden Affen. »Hab ihn nich' aufgezogen. Überhaupt nich' gildet das nich'!«, kreischte sie, als Captain America mit zittrigen Beinen aufstand, um sich vorn an der Bühne seinen Zehn-Dollar-Gewinn abzuholen. An der Wand gegenüber kreuzte sein Schatten den meinen. Musste schon ein merkwürdiges Bild abgeben, wie ich hier herausstach mit meiner Größe von 6.5 Fuß, leicht linkisch manchmal und doch von bulliger und kraftvoller Gestalt – Erbe irischer Vorfahren. Und *mein* Vermächtnis? Verdreht wie der Schatten an der Wand hatte das Leben weder mir noch den Meinen Glück gebracht. Ne, an einem bestimmten Punkt hatte ich mit Kumpel *Pech* unversehens einen auf Brüderschaft getrunken.

Noch stierte ich an die Wand und sah, wie sich ein anderer Schatten hinzugesellte und mit meinem verschmolz. Die Vergangenheit holte mich ein. Wieder einmal. Egal. Physisch mochte ich die Welt zwar wie ein Leuchtturm überragen, brachte aber statt Licht allenfalls Schatten zuwege. So wie diese beiden Schatten, von denen ich wusste, ihr Zusammentreffen bedeutete weiteres Unheil.

»McMahon … Lieutenant Thomas McMahon?«, hörte ich eine leise, aber bestimmte Stimme hinter mir wispern; etwas berührte meinen Rücken.

Ich nickte stumm und starrte unbeirrt auf die verschwommene Schattenwelt. Nach seinem gestrigen Anruf, bei dem er sich als Sohn von Moses und Bertha Ashley vorstellte, hatte ich sein Kommen erwartet. *Dachte ich mir schon!*

Er könne mich nachmittags hier finden, hatte ich erwidert und einfach aufgelegt. Was gab es da noch zu sagen.

Click.

Hatte er gerade den Abzug seiner Waffe gespannt? Offensichtlich genüsslich sanft drückte er mir deren Lauf in den Rücken. Wanderte höher und weiter links. Aufs Herz zu. Der wollte mich genau dort treffen, wo ich ihm vom Gefühl her die Eltern genommen hatte.

Sollte ich den Versuch wagen mich wegzudrehen, ihn zu überrumpeln? *Fat Chance!* Noch ehe die keifende Mary Lou überhaupt ein »Bingo« herausplärren könnte, wäre ich bereits tot. Für solche Aktionen war ich zu alt. Und der Tod kam weder unangekündigt noch vorschnell. Das

Klicken des Abzugs beschwor jene Momente herauf, die ich mein Leben lang zu vergessen bemüht war.

– Na schön. Ich habe gelogen. Die Wahrheit glaubt mir ohnehin keiner. Will die einer überhaupt hören? Soll ich diese Geschichte nochmals ganz von vorn erzählen? So, wie sie oft in Sekundenschnelle an meinem inneren Auge vorbeirauscht? Also: Es gibt einen Sinn! Du meinst, *du* seiest frei? Bräuchtest einen Sinn gar nicht erst zu suchen? Lügst dir doch genauso in die Tasche, wie ich es tat. Weiß, wovon ich rede. Mir räumte das Leben hinsichtlich meiner Suche eine zweite Chance ein. Aber jetzt greife ich den Ereignissen vor. Also hör gut zu! Ich erzähl dir jetzt mehr als ursprünglich beabsichtigt. –

Hatte ich in dem Tumult hier das Klicken und die Berührung in meinem Rücken etwa falsch gedeutet? Wollte er, dass ich mich umdrehte, bevor er mich tötete? Bin gar nicht scharf darauf zu erfahren, wie mein Henker aussieht. Sollte mein letzter Blick nicht jenem Selbst gelten, von dem ich einmal glaubte, es wäre das Wertvollste nicht nur in mir, sondern auf der ganzen Welt, das ich bis zur Selbstverleugnung beschützt hatte und genau darüber erblindet war? Wie ein Fixer, dessen zittrige Finger eine Sache erst mehrmals ertasten müssen, ehe sich ihnen deren Allerweltsfunktion offenbart, hatte sich in meinem Leben nach und nach das Offensichtliche verflüchtigt wie im Drogenrausch. Was auch immer mich von meinem ursprünglichen Pfad abbrachte und mich immer weiter von mir selbst entfernen ließ, es galt nur bis zu jenem Tag, an dem das Schicksal mir denjenigen schickte, dessen Vater und Mutter ich getötet hatte.

Reue verspürte ich nicht. Manches in meinem Leben hätte ich anders gemacht. Bestimmt. Sich ändern, das ist Reue und Sühne. Scheiß auf die Leute, die meinen, sich geißeln zu müssen. Die haben echt nichts verstanden. Im Fall seiner toten Eltern empfand ich nichts.

Ihr Blut, derart viel Blut, dass ich dachte, die Frau könne unmöglich noch am Leben sein. Die blutgetränkten Polster, als die sie vom Rücksitz hoben. Gott, diese Farbe! Röter, als mein Blut je war.

Es passierte schon wieder! Erneut lief jener Film vor mir ab, den ich schon Tausende Male mit anzusehen gezwungen war. Und doch konnte ich mich dieser Bilder nicht erwehren, mochten sie auch meine letzten sein. Schließlich hatte ich bereits ein Großteil meines Daseins mit ihnen verbracht.

Mein ausgeprägt visuelles Gedächtnis verhalf mir dazu, ein guter Cop zu werden. Ich erkannte die unscheinbarste Visage wieder, selbst wenn ich ihr nur mal flüchtig in einer Menschenmenge begegnet war, prägte sie mir ein, erinnerte mich bildhaft an Begebenheiten und Orte. Derart genau, als liefe ein Film im Kopf ab. Manchmal leider – wie in diesem Moment, da mir jemand seine Waffe in den Rücken stieß – legte sich die falsche Spule ein und ich erlebte Dinge ein ums andere Mal, die einer ums Verrecken nicht mehr anschauen will – die Kriegszeit in Nam beispielsweise und natürlich jener verfluchte Tag, der sich auf Platz 1 meiner persönlichen Kinocharts geschoben hatte und sich nun vor meinem inneren Augen so lebhaft abspulte, als hätte sich das Drama gestern und nicht vor Jahrzehnten zugetragen.

Hatte mein Vater es nicht prophezeit? Verflucht, wie naiv ich doch war! Der Mistkerl, der jetzt hinter mir stand. Ich hatte mich täuschen lassen und gedacht, aus diesem Lumpen, der mir das erste und bislang einzige Mal als Neugeborenes in den Armen einer Krankenschwester begegnet war, könnte ein ehrlicher Mensch werden. Gott, wie ich das hasse, etwas kommen zu sehen und dann doch nicht demgemäß zu handeln! Klar, aus Bösem konnte nur Böses entspringen. Sagte Dad schon. Bei den verbrecherischen Eltern des Kindes! Hätte ich doch nicht nur die Ashleys getötet, sondern auch das Kind sterben lassen. Um mich alten Knochen ist es nicht schade, doch ich würde der Welt einen weiteren Ganoven hinterlassen – Ashleys Sohn.

– Wieder der Gedanke an die lächelnde Krankenschwester mit dem Kind im Arm.

Ich weiß nicht, ob es das Bild der Schwester war, die damals das Neugeborene in den Armen wiegte, oder die dämliche Bingo-Trommel, deren letzte Drehung ich hier im Saal aus dem Augenwinkel wahrnahm. Vermutlich war es jedoch die Gegenwart des Mannes hinter mir, die die Erinnerungen derart geballt hochkommen ließ. Dergestalt, wie die Bingo-Trommel anhielt, stoppte in dem Film vor meinen Augen jedenfalls eine Waschtrommel und versetzte mich urplötzlich zurück in die Reinigung auf dem Southern Boulevard vor über fünfunddreißig Jahren. Und da war ich nun wieder mitten in jenem verhängnisvollen Ereignis, das mein Leben bis auf den heutigen Tag bestimmen sollte:

Angewidert wandte ich den Blick von der Waschtrommel und dem zappligen Gnom an der Theke ab.

»Sir, nur noch einen Augenblick, Sir, bis Ihre Sachen gefaltet und fertig sind«, schniefte er.

Diese dienstbeflissene Fratze! Nur weil gerade ein Cop in seinem Laden stand und die Leute für eine Weile davon abhielt, im Hinterzimmer eine Wette zu tätigen. In diesem Straßenblock dienten alle Geschäfte als Tarnung für Buchmacher oder Drogenhändler.

Ich guckte durch das Schaufenster nach draußen. *Wo blieb Frank?*

Erste Strahlen brachen durch den wolkenverhangenen Himmel, und kurz darauf lugte die Sonne über die Wohnblocks hinweg und tauchte die Straße in ein seltsam gelbliches Licht. Je deutlicher mir diese Bilder heute vor Augen treten, desto verrückter erscheint mir, dass ich jenen Tag derart ahnungslos hatte beginnen können. Vielleicht bin ich mit den Jahren empfänglich geworden für spirituellen Unsinn. Moe war Experte darin. Damals jedoch existierte für mich weder an diesem noch an anderen Diensttagen Wundersames. Nicht in der Bronx der Siebziger- und Achtzigerjahre.

Ich ertappte mich dabei, wie ich durch die Fensterfront des Ladens spähte, als schätzte ich ab, was der Tag bringen würde. Ich wusste es. In der Bronx existierte keine Normalität. Viele der Leute auf dem Weg zur Arbeit waren nichts als menschliche Wracks, Marionetten in Anzug und Kostüm, nur noch fähig, der Schwerkraft und den Pendelgesetzen von Leidenschaft und Begierde zu folgen. Dennoch keimte in mir die Hoffnung, mit verstohlenem Blick nach draußen, die Menschen wären nicht so beschaffen, der heutige Tag würde anders werden, ein Tag mit unbestimmter wunderbar friedlicher Zukunft. Nein, ich schüttelte den Kopf, es war wie immer: Die South Bronx blieb an diesem Tag wie an allen anderen Tagen ihrer Bestimmung treu, der gewalttätigste Bezirk in der Geschichte New Yorks zu sein.

Angeekelt von diesem Anflug aufblitzender Hoffnung drehte ich mich zu dem Männchen hinter der Theke um und warf ihm einen drohenden Blick zu. Frank dürfte gleich hier sein, um mich wieder zum Dienst abzuholen.

Frank, das war auch so einer, der von einer guten Menschheit träumte. *Wo blieb der nur?*

Ich drehte mein Walkie-Talkie ein wenig lauter und lauschte dem Funk. Schon jetzt war im 41. Revier mehr los, als andere in ihrem Distrikt am ganzen Tag zu bewältigen hatten.

»Sektor Eddie, Fox und Tiffany Street, Schusswechsel.«

»Four-One, Eddie, Zentrale, verfolgen mutmaßlichen Vergewaltiger auf der Leggett …«, knarzte die Antwort über den Funk.

Komm schon Frank. Den nächsten Job holen wir uns.

Dann funkte es hintereinander gleich zweimal **10-13** – Officer braucht Hilfe. Derartige Funksprüche, jedenfalls in unserem Revier, erfolgten nur dann, wenn unsereins schon halbtot am Boden lag.

Ich hielt es nicht mehr aus. »Hol's später ab!«, fauchte ich das Männchen hinter der Theke an und sprintete nach draußen.

Wo zum Teufel bleibst du?

Auf Frank war Verlass. Er wusste, dass man jetzt nicht bummeln und bei Moe im Laden rumhängen konnte, obschon wir uns ordnungsgemäß abgemeldet hatten. Nicht bei dem Betrieb – eigentlich dürfte es im 41. Revier gar keine Pausen geben.

Frank war unterwegs. Frank war bestimmt unterwegs. Im Gegensatz zu mir hatte Frank die Ruhe weg. Das war schon in Nam so gewesen. Für einen Augenblick gab ich mich mal wieder meinen Filmen hin, überließ mich der Erinnerung …

Mein erster bleibender Eindruck an den Vietnamkrieg war Max. Frank kannte ich schon seit der High-School. Jeder von uns Jungs bewunderte Max. Mit seinen zweiundzwanzig Jahren war er der älteste unter uns

Frischlingen. Frank achtzehn, ich siebzehn. Ich sehe Max noch nackt im Camp dastehen, mit muskulösem bronzenem Körper im kristallklaren Bach, wo wir uns wuschen und der verdammen Hitze wegen abkühlten. Zigarette im Mundwinkel. Max' Lachen steckte an. In der Ferne dichter Dschungel. Undurchdringlicher Dschungel. Die Bilder wechseln in meinem Kopf zu roten Blumenkelchen neben tiefgrünen zitternden Farnen, ich höre das Echo kreischender Vögel, rieche den feinwürzig feuchten Geruch der Landschaft ... Reisfelder, Dörfer mit ihren ... – ach ja, Max. Max gewann immer beim Kartenspiel. Jeder wollte mit Glückspilz Max im Zug sein. Und dann sehe ich uns, geduckt durch den Schlamm eines Kanals watend, Max hinter uns her ziehend, seine Beine völlig zerfetzt. Er schreit. Wenn du so schreist, bist du von allen verlassen, selbst wenn dich einer im Arm hält. Beim Sterben – wusste ich nun – bist du allein ... ganz allein.

Frank gelang es, die Luftunterstützung anzufunken. Dann ging die Welt um uns herum unter, und als es aufhörte und still war, war auch Max verstummt. Ich erhob mich aus dem rot gefärbten Schlammwasser, starrte in den fast undurchdringlichen gelblichen Dunst erstorbenen Geschützfeuers. Von diesem Moment an war auch ich allein. Seither vermochte ich nur noch mit Frank etwas zu teilen, als wären damals ein paar meiner Reststücke mit ihm verschmolzen. Zugleich war etwas anderes in diesem Kanal zwischen den Reisfeldern am Que Son Valley geschehen, gegen das ich mich nicht hatte wehren können: Ähnlich einem Schmuckstück und geradeso wie der Glücksbringer, der Max um den Hals baumelte, schloss sich ein Teil von mir gleich einer Bernsteinkapsel um ein Insekt – die Seele nur noch ein Talisman.

»Four-one, Henry … Intervale und Fox Street … **10-85** … e-erbitte Verstärkung … gesuchtes P-Paar …«, stotterte es aus dem Walkie-Talkie.

Wegen meiner Träumerei hatte ich nicht alles mitbekommen, doch schreckte mich der Funkspruch auf und brachte mich aus der Erinnerung wieder vor Simbad's Laundry and Dry Cleaners auf dem Southern Blvd zurück.

Mann, das war doch Frank! Und wenn der einen **10-85** *absetzte, brauchte er nicht Unterstützung durch eine weitere Streife, dann war das ein* **10-13** *und damit ein verdammter Notruf!*

Im Funk überschlugen sich die Meldungen. Allein über fünfzig Delikte, die die Zentrale im 41. Revier gerade auf Halde hielt. Franks Funkspruch dürfte diesen Berg in dem Augenblick heruntergepurzelt und verschwunden sein, als auf der Prospect Avenue überdies ein Lynchmob gemeldet wurde, nachdem ein Schwarzer ein puerto-ricanisches Mädchen überfahren hatte.

Ich weiß bis heute nicht, was mich bewegte, einfach loszulaufen. Meine mir eigene Ungeduld vermutlich. Die gut und gern eine Meile Luftlinie konnte man locker zu Fuß bewältigen. Was hätte mich zurückhalten sollen? Ein guter Läufer war ich allerdings weder in der High-School noch in der Armee gewesen. *So what!*

Sowie die Sonne sich ganz zeigte, würde es schwül und heiß werden. In Uniform und mit der Biesterei an Ausrüstung würde ich ordentlich zu tragen haben. Meine Bedenken verflogen, und als ich die East 156th Street überquerte, fühlte ich mich dermaßen gut in Form, dass ich fast meinte, es handele sich nur um einen lockeren Trainingslauf, an dessen Ende Frank stünde und beklagte, der Streifenwagen sei mal wieder nicht angesprungen, er habe, wie so oft, im Funk nicht zu mir durchkommen können und die Verdächtigen hätten sich als absolut harmlos herausgestellt.

Die Waffe schlackerte beim Laufen an der Hüfte herum, sodass ich das Holster öfters festhalten musste. Als ich rechterhand ins Ende der 156th hin zur Bruckner Avenue blickte, wölbte sich vor dem dunstigen Horizont die Trasse des Bruckner Expressway. Wenige Yards vor mir, in der 156th, lag am Bordstein das Wrack eines abgestellten und ausgeplünderten Plymouth, bei dem mittlerweile sogar die Kisten fehlten, auf denen er wochenlang aufgebockt gewesen war. In der South Bronx wird irgendwann alles in seine Kleinteile zerlegt und verschwindet – egal ob Sache oder Mensch.

Nicht lange darauf erreichte ich die Kreuzung Southern Blvd und Longwood Avenue. Eines hatte die kurze Strecke bewirkt: Meine Sorge um Frank war mit jedem gelaufenen Yard gewachsen. Hätte sich das 41., unser Revier, schon damals in der Longwood und nicht in der Simpson Street befunden, ich hätte nur noch ein paar läppische Schritte um die Ecke laufen müssen, um zu erfahren, was los war.

Wen meinte er vorhin im Funk eigentlich mit »gesuchtem Paar«? Eine böse Vorahnung traf mich ähnlich sengend heiß, wie mir der Nacken jetzt in der Sonne brannte, die sich nun gänzlich durch den Dunst gekämpft hatte. *Unsinn, die Ashleys konnten das nicht sein!*

Ich holte das Funkgerät aus der Gesäßtasche und drehte es lauter, darauf bedacht, so wenig Batteriestrom wie möglich zu verbrauchen, denn der Funk war die einzige Verbindung zur Zivilisation, fragil wie der hauchdünne Schlauch eines Astronauten, der ihn in lebensfeindlicher Umgebung mit seiner Basis verbindet. Ich verspürte keinerlei Sehnsucht bar jeglicher Kommunikation durch *diese* Gegend zu laufen.

Erschrocken starrte ich auf das Funkgerät. Nicht mal mehr ein verzerrtes Knattern war ihm zu entlocken. Um den Akku wieder zur Räson zu bringen, klopfte ich das Ding mehrmals gegen den Oberschenkel ... und tatsächlich vernahm ich eine halb zerstückelte Mitteilung über einen Einsatz in der Fox Street nahe dem 800er Block. Damit stellte der Akku seinen Betrieb ganz ein. Trotzdem: Kaum eine Nachricht hätte mich besser stimmen können. Verstärkung! Statt also den direkten Weg geradeaus weiter dem Southern Blvd zu folgen, bog ich westwärts in die Longwood ab und wählte die Route über die Fox Street. – Kein Cop hielt sich gern in der Fox auf. Schon gar nicht ohne Kollegen an seiner Seite.

Also zunächst die Longwood entlang. Auf dem Trümmerfeld zwischen zwei Gebäuden hatten sich ein paar Kids aus Müll und Bauschutt eine Bühne gebaut. Sie studierten gerade ein paar »Moves« ein und machten Musik, zumindest das, was sie dafür hielten. Hätte ich gewusst, vielleicht gerade Zeuge der Geburt einer Weltbewegung und eines Milliardengeschäfts zu werden – hätte ich trotzdem nicht angehalten. Nie werde ich verstehen, weshalb die Leute in den schönsten und sichersten Gegenden der Welt sich tanzend und mit Entzücken anhören, wie es in der finsteren Welt der Gangs und Ghettos zugeht. Zu jener Zeit in der Bronx brachten die Kids hier tatsächlich den Hip Hop zur Welt.

Die Jungs schauten ängstlich zu mir herüber, einer erstarrte in seiner Bewegung, als ich so auf sie zustürmte, die Hand wieder mal am lästig baumelnden Holster. Frank hielt auch nicht viel von dieser Art des Singens und Tanzens, vielleicht wegen seiner zwei Töchter, die er und

Mary, seine Frau, lieber zum Ballettunterricht schickten, als dass die Mädchen sich irgendwann mal mit derart sich verrenkenden Typen und auf der Straße herumtrieben. Und doch gefiel Frank und mir das Leuchten in den Augen dieser Kids, etwas, das man in der Bronx nur allzu selten zu sehen bekam. Da hockten sie in diesem Viertel mit wenig Aussicht auf einen Ausweg. Machte auch kaum einen Unterschied, ob du zehn Jahre alt, ein Teenager warst oder jene fünfunddreißig Jahre erreichtest, die die Hälfte der Anwohner hier nie erleben würde. Und das in einem Stadtteil mit mehr Menschen als in Washington.

An den Kids vorbei rannte ich weiter die Straße hoch. Wenige Häuser entfernt lag eine Frau draußen auf den untersten Stufen der Treppe zu einem Hauseingang. Blitzsauberes Kostüm mit blütenweißer Bluse, die Aktentasche zwischen die Beine geklemmt, auf dem Rücken liegend, der Kopf in den Nacken gesackt, die Arme ausgebreitet, als wäre sie geradewegs in den Himmel geflogen. War sie von der Arbeit gekommen? Oder auf dem Weg dorthin gewesen und hatte es nur bis zum Dealer an der nächsten Straßenecke geschafft?

Quälende letzte Yards die Longwood Avenue hinauf, bis ich die Fox Street erreichte. Ich schnaufte. Außer Atem hielt ich an der Ecke zur Fox Street an und spähte die Straße hinauf. Die Verzweiflung stieg im gleichen Maße, wie mein Mut sank. Weit und breit kein Streifenwagen. Schwer atmend stützte ich mich auf die Knien ab. An der Ecke die spanische Bodega, deren Reklame für Eiswürfel mich magisch anzuziehen schien.

Wenn ich jetzt die Bilder von damals vorbeiziehen lasse, wird mir heute keiner mehr glauben, was ich in der South Bronx gesehen und erlebt habe, und mir maßlose

Übertreibung vorwerfen. Dreißigtausend Gebäude wurden in der Bronx in einer Spanne von zehn Jahren angezündet und daraufhin verlassen. Versicherungsbetrug zumeist oder purer Mutwille. Anfang der 1980er sollte auch dieser kleine Eckladen hier an der Southern und Fox in Flammen aufgehen.

Wieder rannte ich los.

Ein paar Jugendliche in Gangjacken lungerten auf einer mit Graffiti besprühten Steintreppe, plotteten entweder ihre nächste Party oder das nächste Verbrechen. Auf der anderen Straßenseite spielte eine Gruppe älterer Männer Domino.

»Heh, du läufst wie deine Kumpels von der Irischen-Fettwanst-Fraktion. Fehlt nur die Wampe!«, rief mir einer der Jugendlichen hinterher.

Ich ignorierte ihn und lief weiter. Es stank nach Urin.

Die Augen brannten. Wischte mir mit dem Ärmel den Schweiß aus dem Gesicht. Alles klebte an mir. Verfluchte Uniform. Wenigstens die dämliche Mütze hätte ich bei Frank im Auto lassen können.

Wenn Frank nun tatsächlich auf diese durchgeknallten Ashleys getroffen war? Das brutalste und skrupelloseste Paar seit Bonny und Clyde. Fieberhaft versuchte ich diesen Gedanken zu vertreiben.

Komm schon. Ist nicht mehr weit! Auf beiden Seiten der Straße Bauruinen, Schutthalden, Häuser mit scheibenlosen Fensteröffnungen, Gebäude mit verrußten Wänden, ausgebrannt und leer wie die Träume der Verbliebenen. Ein leichter Windstoß fand seinen Weg durch das verwüstete Gelände und verebbte auf meinem schweißnassen Shirt. Ich geriet ins Straucheln. Fast hätte ich die Eisenstange übersehen, die aus einem Schutthaufen in den Bürgersteig hineinragte.

Gott, was zum Teufel macht Frank?

Ich war nicht böse über das Trümmerfeld, an dem ich gerade entlanglief, denn von hier konnte dich keiner mit Ziegeln von einem Dach aus bewerfen oder dich mit einer Schusswaffe im wahrsten Sinne des Wortes aufs Korn nehmen. Die Leute hier hassten dich. Sie hassten alles. Selbst den Feuerwehrleuten, die ihnen notfalls bei der eigenen Wiederbelebung bis hin zur Geburt des Kindes halfen, stellten sie Fallen, spannten in zu löschenden Häusern Drähte in Kopfhöhe, deponierten mit Benzin gefüllte Flaschen, die über den Helfern explodieren sollten, oder bohrten Löcher in die Dielen und legten Pappe darauf, damit du ins Stockwerk darunter stürztest. Die »auf der anderen Seite« gehörten eben nicht zu ihnen. Regeln des Ghettos. Die Leute hier kannten, wenn überhaupt, nur ihre Moral, und das war bestimmt nicht deine. Wenn einer hier etwas verändern wollte, musste er das verdammte Spielfeld ändern, nicht nur die Regeln.

Wieder musste ich aufpassen, dass meine müden Beine nicht über ein halb verkohltes Etwas stolperten.

Auf der Plattform der Feuerwehrleiter eines verwahrlosten, aber noch bewohnten Gebäudes döste mit offenen Augen eine halb nackte Frau, starrte auf das Trümmerfeld zwischen den Wohnblocks. Als sie mich vorbeilaufen sah, bedachte sie mich mit einer obszönen Geste.

Ich rannte weiter die Fox Street entlang. Das silberne Schild auf meiner Jacke blitzte in der Sonne, reflektierte an den Gemäuern, hüpfte mit den Laufbewegungen auf und ab. Der Revolver zerrte an meiner Hüfte, das schwere Funkgerät drückte in der Hosentasche, und zwischen den endlosen Ruinen kam ich mir vor wie ein überholtes Relikt, so wehrhaft und nutzlos wie mein Schlagstock gegen die AK 47 eines Vietcong.

Wie kam ich eigentlich hierher? In diese Scheiße? Kam mir vor, als hätte ich Nam nie verlassen. Vielleicht hatte ich das ja auch nicht. Meine Familie lebte eigentlich auf Staten Island. Alte Polizistenfamilie. Den Job als Cop hab ich geerbt. Als Bub hat mich vermutlich die Freiheitsstatue geprägt, die mich ansportne und träumen ließ, sooft wir tagtäglich die Fähre nahmen. Freiheit und für dein Land einstehen. Vielleicht bin ich deshalb nach Vietnam gegangen. Als Frank nach der Polizeiakademie in das 41. versetzt wurde, hatte ich ihm zuliebe dieselbe Stelle gebucht. Ein Mensch wie Frank brauchte Hilfe. In diese Hölle konnte ich ihn nicht allein gehen lassen. Etwas hatte ich gleich im ersten Kriegseinsatz und später hier am ersten Diensttag gelernt: Sobald du nach Nam kamst, warst du Soldat. Sobald du den Fuß in die South Bronx setztest, warst du Cop.

Etwa fünfzig Yards trennten mich noch von meinem Ziel und der Kreuzung Fox und Intervale. Ich spürte weder Beine noch Körper. Aber meine Lunge brannte. Ich lief durch eine Brandung aus Hitze und Feuer. Wieder erwischte mich das Kopfkino – besser so und durchhalten, als die letzten Yards schlappzumachen.

Frank, bist du noch da?

Ich spähte über das hohe Gras, das den Kanal säumte, suchte die Lücke im Rauch des Geschützfeuers, der in der Lunge brannte. Der Point Man vor uns hustete, während wir den leblosen Max durch den Kanal mit uns zogen. Mein Herz raste, Schweißtropfen perlten wie in Zeitlupe in stetem Strom über die Haut, die Kleidung klebte am Körper, derart vollgesogen wie die durchnässte Uniform eines Soldaten – oder die schweißdurchtränkte eines Cops. Und plötzlich wusste ich nicht mehr, ob ich gerade in Nam war oder die Fox Street hochrannte; in dem hüfthohen Kanal die Kleider vom Wasser durchtränkt, der Oberkörper von Angst und Schweiß, oder klebte allein die Uniform an meinem Körper in der Gluthitze jenes Tages, zu dem ich nicht mehr zurückkehren wollte, nicht zurück in diese verfluchte scheiß Bronx. Ich ahnte, dass Frank etwas zugestoßen war.

Die Hitze stach wie mit Nadeln auf meiner Haut, als hätten sie vor uns einen Landstrich mit Napalm abgefackelt. Ich rang nach Atem. Brannte der Rauch des Geschützfeuers in der Lunge und brachte mich zum Husten? Ich hustete – *Erbärmlich, da ist jetzt kein Rauch. Nimm dich zusammen!*

Ich lasse es geschehen, bin erfahren, die Angst dringt nicht mehr zu mir durch, nicht in jenen kleinen Behälter, in den ich meine Seele verkorkt habe.

»Frank, konntest du verdammt noch mal nicht auf mich warten?«, entfuhr es mir unwillkürlich, als meine Sinne sich wieder für die Gegenwart schärften. Ich hatte das Ungeheuerliche bereits entdeckt, allerdings wollte sich meine Wahrnehmung erst nach und nach darauf einlassen. Mein Blick flüchtete zunächst westwärts die Intervale Avenue hoch, verharrte zwischen zwei Häusern auf einer riesigen Lücke, die aussah, als habe eine Fliegerbombe das Gebäude dazwischen ausradiert. Quälend langsam zog sich der Blick wieder zur Kreuzung, als weigerte er sich, auf den eigentlichen Schauplatz des Geschehens zu schauen, blieb noch einmal auf der Straßenecke gegenüber hängen, wo das Trümmerfeld des komplett fehlenden Eckgebäudes den Blick auf weitere Bauruinen freigab. Dann zwang ich mein Augenmerk auf jene Enklave, die hier noch bis vor Kurzem untadelig funktioniert hatte: die Bodega, das kleine Lebensmittelgeschäft von Moe, nebendran, in der Fox Street, ein geparkter

Streifenwagen. Schließlich erreichten mein Bewusstsein diejenigen Bilder, die mich bis heute verfolgen, von denen ich aber keines zu beschreiben bereit bin. Denn sobald du deinen Partner–Freund–Bruder–dich selbst so daliegen siehst, verlierst du den Glauben an alles und jeden, mag es auch einen noch so banalen Grund geben, weshalb Gott den gewaltsamen Tod so hässlich gemacht hat: Du sollst nicht töten!

Ich weiß noch, wie ich bei den letzten Schritten taumelte, eine Schuhspitze sich im Kopfsteinpflaster der Intervale eingangs der Fox Street verfing, ich das Gleichgewicht verlor und neben Franks durchsiebtem Körper am Heck des Streifenwagens landete. Etliche Kugeln in Bauch und Brust, eine direkt in die Stirn. Bin zwar kein Gerichtsmediziner, dieser Schuss aber schien aufgesetzt, als habe jemand ganz sicher gehen wollen, dass Frank nicht überlebte … dass ein Cop nicht überlebte.

Moe lag, ohne ein Lebenszeichen von sich zu geben, vor dem Eingang seines Ladens, auch er mit einer Kugel im Kopf. Ich rappelte mich hoch, taumelte zum Streifenwagen und gab den Tod des Kollegen und einen weiteren DOA (dead on arrival) durch: Moe. Mit so einem Loch im Kopf überlebt keiner. Dachte ich. Wie in Trance forderte ich dennoch eine Ambulanz an. Ob ich Moe damit einen Gefallen getan habe? Im Nachhinein betrachtet bin ich mir da gar nicht so sicher.

Niemand kann sich auch nur ansatzweise vorstellen, wie ich mich fühlte. Ich starrte vor mich hin und in mir glitt der letzte Teil meiner Seele, jener Schatz, den ich so sorgsam für spätere Zeiten weggeschlossen hatte, hinab in die Tiefe und verschwand. Alles leer und tot. Als letztes Echo stiegen Blasen der Schuld an die Oberfläche: Weshalb war ich nur zu spät gekommen? Warum hatte es nicht mich Blödmann erwischt? Jemanden, der mit dem Leben ohnehin nicht viel anzufangen vermochte, der im Gegensatz zu Frank keine Familie besaß; wieso nicht mich, dessen fadenscheiniger Existenzgrund etwas so gänzlich Undefinierbares war, dass er es in einer Kapsel wie für ein nächstes Leben aufzubewahren suchte? *Blöder Träumer!* War es nicht meine Schuld, dass ich so spät losgelaufen war? Immer nur herumträumte, mich meinen Filmen überließ, meinem Selbstmitleid, statt da zu sein, als er mich brauchte? Frank jedenfalls wäre für mich zur Stelle gewesen!

Nachbarn schauten aus Fenstern, eilten aus umliegenden Häusern herbei, Passanten blieben stehen. Obwohl ich Menschen um mich herum wahrnahm, registrierte ich sie bestenfalls als schemenhafte Gestalten aus einer anderen Welt.

Mittlerweile hatte sich eine Menschentraube um den Tatort herum gebildet, angezogen von Tod und Blut, als zelebrierten und probten die Menschen die Premiere zu ihrer eigenen Totenmesse.

Rasch sich näherndes Sirenengeheul. Zu spät, dachte ich bitter.

Wie gelähmt stand ich am Streifenwagen. Jemand stupste mich an. Vorhin hatte ich die Frau noch aus einem Fenster lugen sehen.

»Officer, das wa'n 'nen Mann und 'ne Frau – Puerto-Ricaner …«, sagte die zierliche Schwarze.

Ich musterte die Frau skeptisch. Normalerweise bekamst du von den Leuten hier keine Auskünfte. Vielleicht hatte sie Moe gemocht; alle mochten ihn.

»Hatte 'nen Platten, das feine Pärchen. Ne Werkstatt ham se gesucht. Ham gleich losgeballert, als sie den Officer geseh'n ham.«

Sie deutete auf Franks Leiche.

Mir war sofort klar, über wen Frank gestolpert sein musste.

Frankie, wie konntest du nur derart unvorsichtig sein!

Vor über einer Woche waren wir gebrieft worden, die Ashleys könnten hier aufkreuzen.

Konnte keiner damit rechnen, dass die jetzt doch noch auftauchten, Frank. Verflucht, aber hattest du sie denn nicht erkannt?

Ashley und seine Braut hatten die Bronx einmal fest im Griff. Moses und Bertha Ashley. Das Pärchen, das in großem Stil von der italienischen Mafia Drogen bezog und sich zum Königspaar von Harlem und Bronx hatte küren lassen, befand sich auf der Flucht und wurde über alle Staatsgrenzen hinweg vom FBI gesucht. Es hieß, Bertha habe ihre Mutter kontaktiert, sei auf dem Weg hierher, suche Unterschlupf zwischen den Ruinen der Bronx, um ihr Kind zu bekommen. Das jedenfalls hatte eine Abhöraktion ergeben. Auf diese Weise hatten sie schon Bonny und Clyde gefasst. Mein Vater war dabei gewesen. Echt.

Die Stimme der Frau klang brüchig, als sie sagte: »Moe rannte aus 'm Laden, um nach dem Officer zu sehen … Moe … dem ham se einfach in 'n Kopf geschossen … einfach so …« Dann versagte ihr die Stimme ganz. Als sie sich halbwegs gefasst hatte, zeigte sie die Straße hinunter. »Da lang sind se mit ihrem Platten … 'nen goldbrauner Cadillac. Hoffentlich krieg'n Se die Schweine … für Moe … wenigstens für Moe.«

Ich stutzte. Wie weit kam man mit einem Platten? Bertha Ashley hatte hier in der Gegend gewohnt. Die kannte sich aus … sollten die etwa …?

»Bestimmt sind se zur 163rd Street und nehm'n die Metro«, hörte ich die Frau in meine Überlegungen hinein sagen.

Gute Frau! Genau das hatte ich auch gedacht. Na gut, du brauchtest nicht unbedingt Detective mit 'ner goldener Dienstmarke zu sein, um auf den Gedanken zu kommen.

Ich stammelte ein kurzes »Danke«, warf mich in den Streifenwagen und bretterte los.

»Verfolge Täter zur 163rd Street Station!«, plärrte ich in den Funk, wobei ich auf der Kreuzung Fox und Intervale beinahe einen entgegenkommenden Streifenwagen, Sektor Charlie, rammte.

Nur vier, fünf Blocks zur Metro, und doch zog sich die Fahrt wie eine Ewigkeit dahin. *Die saßen längst im Zug!*

Da! Der goldbraune Fleetwood mit einem Platten hinten rechts und zerdepperter Felge. Parkte direkt vor der Station. Über mir donnerte ein Zug heran. Zu spät! Die bestiegen jetzt den Zug, und bis ich über die Treppe zur Plattform gelangte, war der längst weg. *Quatsch nicht!* Dieser Zug fuhr nach Norden und garantiert nahmen die einen in Gegenrichtung, nach Manhattan oder Brooklyn, denn sonst endeten sämtliche Züge nach ein paar Stationen hier im selben Stadtteil. Endstation Bronx – wäre es nach mir gegangen, genau das wäre Ashleys Schicksal.

Na schön, haben die also längst einen nach Downtown bestiegen. Ihr Vorsprung – Reifenpanne hin oder her – war groß. Sollte ich zur Prospect Avenue weiterfahren und ab da die Haltestellen stichprobenweise abfahren? *Mann, hast du manchmal dämliche Ideen!*

Einer Eingebung folgend – oder schlicht aus purer Verzweiflung – hielt ich neben dem Cadillac und vor der Station … und hatte seltenes Glück!

Ich konnte nicht wissen, dass die steile Treppe zum Bahnsteig zur Verbündeten geworden war, die der hochschwangeren Frau reichlich Zeit kostete, sie zu erklimmen, auch nicht, dass die beiden die »2« Richtung Manhattan gerade um Sekunden verpasst hatten.

Während ich die Stufen hochjagte, hörte ich Sirenen nahen. Verstärkung. Viel zu spät. Nutzlos. *Verdammt nutzlos!* Denn oben auf dem Bahnsteig fuhr soeben die »5« ein. Entweder ich erwischte die beiden, noch bevor sie einstiegen, oder sie waren auf und davon. Ich malte mir schon das Gequatsche der Chiefs aus, wie sie darüber diskutierten, ob man die beiden zunächst nur beobachten und erst dann zugreifen sollte, sobald sie keine komplette Metro mehr in Geiselhaft nehmen könnten.

Nicht nur ich hatte die Sirenen vernommen. Als ich die letzten Stufen nahm und Sicht auf die Plattform bekam, zog Ashley eine Waffe. Er sah mich kommen, die Waffe bereits in der Hand – und in besserer Schussposition. Er schoss überhastet, wandte sich noch halb vom Zug ab, dem er bis dato seine Aufmerksamkeit gewidmet hatte. Seine Frau mühte sich soeben, von der Sitzbank hochzukommen.

Die Kugel jaulte über mich hinweg und traf die Überdachung. Ashley suchte einen stabileren Stand und wollte seinen Fehler korrigieren. Mein Daumen schob sich ins Holster, löste auf diese Weise den ledernen Sicherungsgurt; ich zog meine Dienstwaffe. Bereits auf der vorletzten Stufe hatte ich abgebremst, und aus der oft geübten Bewegung – *auch das Holster war dadurch eingetragen und nicht untauglich steif!* – vollzogen sich jene flüssigen Bewegungen, die mich sogleich in Schussposition brachten. Während Ashleys Körper aus der Drehung zur Ruhe kam und der Lauf seiner Waffe mich erneut ins Visier nahm, schoss ich. Dreimal. Traf ihn zweimal in die Brust, dann im Gesicht. Kein Risiko. Der hatte Frank keine Chance gegeben. Die dritte Kugel aus meiner Official Police .38 Special war überm Nasenbein in seinen Kopf eingedrungen. Ashley war auf der Stelle tot.

Geistesgegenwärtig hatte der Bahnführer die Türen gar nicht erst geöffnet, die Metro fuhr gleich wieder an. Die Frau hatte es inzwischen von der Bank hoch geschafft, stand auffällig breitbeinig da, als könnte sie wegen der Schwangerschaft nur auf diese Weise stehen. Ich bemerkte die extreme Wölbung ihres Bauches – und den Revolver in ihrer Hand.

Mit dem Schießen auf Menschen ist das so eine Sache. Deshalb macht der erfahrene Schütze, kommt es drauf an, auch keinen Unterschied zwischen Mensch und Zielscheibe. So jedenfalls hatte mein Vater es mir beigebracht. »Dreier-Serien, Junge. Dann hast du Reserve und ballerst nie ziellos rum.« Ein halbwegs ordentlicher Schütze brauchte ohnehin keine drei Schüsse. »Kurze Entfernung: Kopf oder Brust«, hatte mir mein Vater eingeschärft. »Bauch ist auch okay.« Ich hatte Dad nie hinterfragt.

Tot. Ich war tot. Ihr Daumen tastete nach dem Abzugshahn. *Verfluchtes Miststück! Das ist Franks Waffe!* Erkannte ich an dem schäbigen Griff. Dachte wohl, sie müsse den Hahn spannen. Gott sei Dank war ihr die Waffe nicht vertraut, kannte sie sich mit Waffen anscheinend nur bedingt aus. *Fuck!* Franks Smith & Wesson besaß einen äußerst geringen Abzugswiderstand.

Ich müsste längst tot sein. – Du machst das falsch.

Merkwürdig, dass ich genau dies dachte. Beobachtete sie, als wäre ich ihr Ausbilder am Schießstand. Es hat mich übrigens nie gestört, welch ein Blödsinn mir während eines Einsatzes durch den Kopf ging, solange ich auf mein Handeln konzentriert blieb. Der Lauf meiner Waffe drehte sich also weiter ihr zu.

Fand sie es beim ersten Schuss vielleicht zu unpräzise, den Abzug gleich ganz durchzudrücken – unwägbares Risiko des nicht ausgebildeten Schützen? Glaubte sie wirklich, derart viel Zeit zu haben? Denkbar auch, sie hatte, wie viele Frauen, kein Zutrauen in die Kraft ihres Zeigefingers. Jedenfalls schenkte mir ihr holpriges Vorgehen die entscheidende Sekunde. Hätte sie gleich den Abzug durchgedrückt … aus kaum drei Yards hätte sie mich nicht verfehlt. Stattdessen spannte sie unbeholfen den Hahn. Ich schoss. Der erste Schuss traf die Brust, der zweite den Hals, der dritte seitlich in den Kopf. Bis heute frage ich mich, weshalb das Schussbild derart hoch ausfallen konnte und eine solche Streuung aufwies. Wollte ich der Schwangeren nur nicht in den Bauch schießen? Oder war es der Schreck, dass sich ein Schuss doch noch aus ihrer Waffe löste und mich, während ich schoss, erwischte?

Sie sackte auf die Sitzbank zurück. Blut befleckte den Windfang hin bis zum Stationsschild Intervale-163rd Street. Kein schönes Bild. In Gegenrichtung bog eine »2« um die Kurve, verschwand außer Sicht, klapperte nordwärts ihre letzten Stationen ab – Endstation Bronx.

Für Sekunden dürfte ich weggedriftet sein – vielleicht der Schock, als sie mich an der Schulter traf –, jedenfalls war ich im nächsten Moment von Kollegen umringt.

»Verdammter irischer Sturkopf«, das Schmeichelhafteste, das ich zu hören bekam, als ich darauf bestand, zusammen mit der sterbenden Frau ins Krankenhaus gebracht zu werden.

Zwei der Kollegen hoben die Frau schließlich auf und schleppten sie zum Auto. Sie brachten uns ins Jacobi Hospital, nicht wie üblich zur 141st Street und Southern Boulevard ins Lincoln, wo es an diesem Tag in der South Bronx mal wieder aussah wie im Lazarett bei Nha Tang. Wie sich herausstellen sollte, war die Wahl des Jacobi Hospital eine Schicksalsentscheidung. Nebenbei bemerkt, Franks Töchter waren hier zur Welt gekommen.

Nachdem man mich verarztet hatte – Gott sei Dank kaum mehr als nur ein läppischer Streifschuss – und ich einfach dageblieben war, kam spät nachts eine Schwester mit dem Baby auf dem Arm zu mir und bedankte sich, dass ich mich so für sein Leben eingesetzt hatte. Wie liebevoll sie auf das Neugeborene schaute. *Geradeso als wären sie Mutter und Kind*. Bestimmt gaben sie den Kleinen in einem Heim ab, bei einer selbst Not leidenden Familie, die für ein bisschen staatliche Unterstützung Kinder bei sich aufnahm, oder es war bei irgendwelchen Verwandten gelandet und aufgewachsen, im Ghetto der Gangs, den Brutstätten der Gewalt. Irgendwie hatte ich dennoch ein gutes Gefühl bei dem Kleinen. Wie sehr ich mich anscheinend getäuscht hatte.

Was zum Teufel hast du eigentlich erwartet? Vater hätte die nahezu Tote nicht ums Verrecken ins Krankenhaus gebracht, nur um ihr Kind zu retten. Er wie seine Kollegen hätten sich eine Zigarette angesteckt, gewartet, bis sie den letzten Atemzug tat; ähnlich, wie er und seine Kollegen sich eine angesteckt haben mochten, nachdem sie Bonny und Clyde aufgelauert und hingerichtet hatten.

Das Kind, das ich damals retten half, stand nun mit einer Waffe hinter mir und würde mir gleich das Leben nehmen. Moe im Rollstuhl neben mir und der verwaiste Platz von Captain America, der gerade seinen Bingo-Gewinn abholte. In diesem hohlen lächerlichen Chaos dämmerte mir, was ich längst zu wissen schien: Das Leben macht wenig Sinn. Jedenfalls keinen derart bedeutenden, wie manche einem weismachen wollen. Dad hatte es gewusst. Wie sollte es auch anders sein, denn sein Wissen gründete sich auf das seines Vaters und aller Vorväter. Du eliminierst das Böse, solange du dazu noch in der Lage bist. Der einzige Sinn, den man dem Leben zu geben vermag.

Sei es wie es sei. In diesem Augenblick überfiel mich ein Gefühl von Reue, das Kämpfen und Grauen nie wenigstens für kurze Zeit beiseitegelegt und das Schöne in der Welt gesucht zu haben; all jene Dinge, die Frank und Moe am Leben so faszinierend gefunden hatten, und mich überkam die Sehnsucht nach den alten Zeiten mit Frank und Moe. Wie oft standen wir nach Dienstschluss in der Bodega zusammen, Moe öffnete einen seiner spanischen Weine, die beiden diskutierten über Gott und die Welt und scherzten, oder Frank und ich tranken noch schnell im Happy's ein Bier, ehe er nach einem Höllentag zu Mary und den Kindern nach Hause fand. Danach war es auch mir in meiner kleinen Bude nicht so schwer gefallen, nach einem Pappbecher Sichuan Noodles und einer Dose Budweiser in Reichweite vor dem Fernseher im Sessel einzuschlafen; nach jenem schrecklichen Ereignis brauchte ich dazu schon ein paar Bierchen mehr, sollte der Schlaf mir so etwas wie einen Waffenstillstand gönnen.

Nach Franks Tod war ich nie mehr aus der Bronx herausgekommen, stehe noch immer im gelben Dämmerlicht, mit der jener schwarze Tag begann, stehe allenfalls im gleichfarbigen Dunst eines Kanals in Nam, wo ich dem Tod zum ersten Mal begegnet war. *Ist auch deine Schuld, dass du dich seitdem nie mehr dem Leben zugewandt hast. Dir selbst zugewandt hast.*

Manches Mal hatte ich mich gefragt, wann der Moment kommen würde, an dem der Sohn von Bertha und Moses Ashley auf meiner Schwelle auftauchte, um sich für den Tod seiner Eltern zu rächen. Niemand im Saal schien zu bemerken, dass dies gerade meine letzten Momente auf Erden sein sollten. Ging einfach so unter, armselig und bedeutungslos wie alles in meinem Leben.

Bis auf den geifernden Neid Mary Lous löste Captain Americas Gewinn unbeschreiblichen Tumult aus. Die alten Herrschaften umarmten und klatschten sich ab, trommelten mit den Fäusten auf die Tische und applaudierten dem Captain auf dem Weg nach vorn zur Bühne. Als hätte der Letzte begriffen: Konnte einer wie der gewinnen, schaute das Glück auch bei ihnen vorbei. Dem anderen sein Glück zu gönnen ist Teil des amerikanischen Traums; wir erlauben so einiges an Rücksichtslosigkeit und Missgriffen allein aus dem Grund, damit am Ende jemand – *irgendjemand* – Erfolg hat.

Das leise *Click*, das ich anfangs vernommen hatte, verwandelte sich in eine ganze Folge von *Clicks*, und als ich mich verwundert nach dem Ursprung an meiner Seite umsah, bemerkte ich Mary Lou, wie sie wütend ihren Affen mit Trommel aufzog. Ich drehte mich um, sah den Mann, der mich hatte treffen wollen. Offenbar hatte er mir nur mit dem Finger in den Rücken gestupst, um in diesem Tumult meine Aufmerksamkeit zu erhaschen. Eine Waffe? Weit und breit keine.

Ein gut gekleideter Mann mit südländisch fein geschnittenem Gesicht, aus dem er mich freundlich anlächelte, erkundigte sich: »Mr McMahon? Ich bin Dr. Arthur Claywood.«

Ich dürfte ziemlich entgeistert dreingeschaut haben, war ich doch in der Vorstellung gefangen, jemand würde mir im nächsten Augenblick das Licht ausknipsen.

»Oh«, fügte er hinzu, »ich trage den Namen meiner Eltern. Bertha Ashley war zwar meine leibliche Mutter, aber eigentlich sind die Claywoods meine Familie.«

Er streckte mir die Hand entgegen, die ich zögerlich ergriff.

In meinem Blick lag offenbar Ratlosigkeit, so zumindest deutete er meine Fassungslosigkeit, denn er sah sich genötigt, mir weitere Erklärungen zu geben. Mit lässiger Bewegung, die mich an Frank erinnerte, schüttelte eine Haarsträhne aus dem Gesicht. »Wissen Sie, meine Mutter war jene Krankenschwester, in deren Obhut Sie mich damals ließen.« Er grinste. »Mein Vater arbeitete im Jacobi als Arzt, und wegen mir haben meine Eltern geheiratet, damit sie mich adoptieren konnten.«

Ich starrte ihn wortlos an, was ihn nun doch etwas aus dem Konzept brachte.

»Ich … eigentlich wollte ich mich bei Ihnen bedanken dafür, dass sie mir damals das Leben gerettet haben. Mein Vater ist kürzlich verstorben, und aus diesem Anlass hat mich meine Mutter dahingehend aufgeklärt, dass ich von Geburt eigentlich ein ›Ashley‹ sei. Mein Dad hatte wohl befürchtet, ich könnte ihn nicht als meinen Vater akzeptieren, falls ich erführe …«

Auf meinen starren Blick hin zuckte er mit den Achseln.

Typisch Intellektueller. Er vergab dem, der seine Eltern weggepustet hatte. Bestimmt vergab er auch seinen leiblichen Eltern … Himmel noch mal, wie Frank dagelegen hatte! Die Brust durchsiebt und ein Schuss mitten ins Gesicht. Mein bester Freund. Hingerichtet von diesem Scheißkerl Ashley … Wie seltsam betroffen die Frau geguckt hatte, als sie von der ersten

Kugel erwischt worden war; als hätte sie zuvor gedacht, keiner
könne ihr was, und plötzlich das Begreifen in ihrem Blick, dass
mit ihr auch das Kind sterben würde.

Claywood lächelte verlegen.

Hast wohl nie gesehen, was so eine Kugel anrichten kann –
nicht im Fleisch, in der Seele, mein Junge! In der Seele!

Kann man auf ein Lächeln anders antworten, als es zu erwidern? Ich fühlte mich dazu dennoch außerstande und nickte nur gequält. Hab mich nie von Gefühlen leiten lassen. Schon gar nicht von Hass. Erst das macht dich zum Cop. Und doch hätte ich dem Mann jetzt vor mir am liebsten eine verpasst. Frank zuliebe … Moe zuliebe!

Als ob er meine Gedanken erraten hätte, sagte Claywood, der leblosen Gestalt neben mir im Rollstuhl zugewandt: »Das muss Moe sein – ich darf doch Moe sagen? In dem Zeitungsartikel stand nur ›Moe, der Besitzer der Bodega‹ … – das andere Opfer.«

Er trat auf Moe zu, ergriff dessen Hand, beugte sich zu ihm und umarmte ihn. Als er zurücktrat, glänzte eine Träne auf Moes bleicher Wange. Ich hatte Moe noch nie weinen sehen; vielleicht tränten ihm die Augen ja auch nur, weil Mary Lou wieder eine ihrer stinkenden Räucherkerzen angezündet hatte und ihr Bingo-Glück aufs Neue beschwor.

»Captain America, unsre Helden, unser Traum …«, murmelte ich säuerlich.

»Jemand wie Moe«, entgegnete Claywood, »das sind Helden. Unglaublich, dass er noch lebt.«

»Die Ärzte meinen, er lebt eigentlich gar nicht mehr … so vom Kopf her nicht, wissen Sie.«

»Das ist ja Unsinn!«

Ich nickte stumm.

Er sagte: »Wir … wir können uns gar nicht mit denen vergleichen, die den Kampf mit sich selbst aufgenommen haben. Und ich finde es toll, wie Sie Moe beistehen.«

Claywood strahlte mich an.

Ich weiß, irgendwie klingt es seltsam und ursprünglich mochte ich gar nicht davon erzählen, weder davon, was mir über das Leben aufgegangen ist, noch von jenem Gefühl, das mich nun überwältigte. Aber sowie ich an Frank und Moe denke, fühle ich mich zur Offenheit verpflichtet. Es passierte einfach: Meine Brust weitete und meine Mitte öffnete sich, ein Elixier aus Freude und Glück breitete sich aus, belebte, brachte meine verloren geglaubte und verdorrte Seele ins Leben zurück. – Nun, ich übertreibe. Es war zumindest ein Anfang. Mir schien, als hätte ich zu guter Letzt begriffen, dass mein Einsatz als Soldat, Polizist und Mensch doch nicht so sinnlos und nur von Unglück überschattet gewesen war. Als ergäbe mein Leben plötzlich einen Sinn. Nicht jenen, der mir erst später aufgehen sollte, aber doch ein erster Schritt im Glauben, einen weiteren tun zu können.

Wir unterhielten uns noch eine Weile. Der junge Mann berichtete mir, er sei Arzt und auf dem Weg zu einer neuen Herausforderung in Afrika. Man wisse ja nie, was einen erwarte, weswegen er vorher noch vorbeischauen und sich bedanken wollte.

Mit leichtem Augenzwinkern überspielte ich den inneren Aufruhr und sagte: »Ich dachte schon, Sie kämen, um mich zu erschießen.«

»Als Nachkomme der Ashleys?« Er lachte – ein herzliches Lachen – und witzelte: »Manches Erbe sollte man einfach nicht antreten.«

Ich dachte an meinen Vater, der sich allein der gerechten Strafe, und sei es mittels Gewalt, verschrieben hatte, so wie sein Vater und all die Väter vor ihm es in unsrer Familie gehalten hatten. Ja, mit dem Vermächtnis der Eltern ist das so eine Sache. Und hier nun jemand, der als Arzt in die Fußstapfen seines Adoptivvaters getreten war.

Nicht verwunderlich, dass Claywood bei diesem Thema blieb.

»Für mich stellte sich nie die Frage, ob denn die dunklen Seiten, die jedem Menschen innewohnen, durch das Erbe meiner leiblichen Eltern stärker in mir wirken als bei anderen. Schließlich wusste ich bis vor Kurzem gar nichts von ihrer Existenz. Mir ist auch nicht bewusst, dass ich mich jemals zu irgendwelchen üblen Machenschaften hingezogen gefühlt hätte.«

Ich lächelte schief. »Mein Vater hat mich mal erwischt, wie ich einem anderen Jungen etwas wegnahm. Die Prügel spür ich noch heute.«

Dad's Blick lag damals auf mir, als entscheide sich, ob ich zur Familie gehöre oder nicht. »Wir sind die McMahons und keine Verbrecher. Ist das nun endgültig klar, Junge?« Nach dieser Tracht Prügel wusste ich jedenfalls, auf welcher Seite ich zu stehen hatte. Und auch – so widersinnig mir das heute vorkommen mag –, dass sich, wie Dad behauptete, in einer Familie das Gute wie das Böse vererbte.

Claywood sagte: »Ja, ich denke, sobald die Familie, die Umgebung und die Gesellschaft den Einzelnen stärken können, zeigt sich doch, dass unser Gerede von Genetik sich nur als starres Konzept menschlicher Vorstellung entpuppt. Ich bin zwar Wissenschaftler, aber die Welt ist, Gott sei Dank, doch ein wenig komplexer, als es sich der Mensch auch nur ansatzweise vorzustellen vermag.«

Ob Claywood mit seinem »Gott sei Dank« einen direkten Bezug zu seinem Glauben nahm, oder dies nur eine übliche Floskel war, habe ich nicht herausgefunden. Später ging mir ein Licht auf, das über all dies hinausging. Es gibt mehr als nur Erbgut und Umwelt und Integration. Auch mehr als Religion. Aber das ist eine andere Geschichte. Doch entgegen meiner bisherigen Einstellung, auch als Cop, kam ich damals zu einer ganz pragmatischen Erkenntnis: Sofern nicht das genetische Vermächtnis das Entscheidende war, sondern ein fürsorgliches Aufwachsen, sollte man dann nicht mehr Geduld und Unterstützung für die sozial Schwachen aufbringen, statt in den Polizei- und Staatsapparat zu investieren, und vielmehr die Mittel dafür verwenden, die Betroffenen direkt zu unterstützen, als sie auszugrenzen und mit Staatsgewalt zu kontrollieren?

Ich blickte Arthur Claywood auch noch nach, als er längst gegangen war. Dachte an Frank, den Romantiker, der Italien, das Land seiner Ahnen, unbedingt einmal hatte aufsuchen wollen. Fragte mich dann, weshalb ich nicht einfach zur Tür hinausspazierte – so wie dieser feine junge Mann eben, den es nach Afrika zog – und den nächsten Flug nach Irland nahm auf Spurensuche nach meiner eigenen Herkunft.

Nachtrag des Erzählers und Übersetzers

Ich traf McMahon in einer Lounge am Frankfurter Flughafen, wo er mir diese Geschichte erzählte. Er kam, nach halbjährigem Europaaufenthalt, gerade aus Italien und befand sich auf dem Weg zurück in die Staaten. Mit Esther, Franks Tochter, teilten wir eine gemeinsame Bekanntschaft. Esther lebt in Italien, wo ich sie in Florenz während eines Tai-Chi-Sommerkurses kennengelernt hatte.

Aufgrund ihrer Schilderung hatte ich mir McMahon ursprünglich ganz anders vorgestellt: als hilfsbereiten, wohlwollenden, eher gemütlichen Mann, der mir seine Geschichte sicherlich mit einem Lächeln vortragen würde, mit hintersinnigem Grinsen desjenigen, der anderen von einem bewegten Leben zu erzählen weiß. Ich war überrascht, wie kalt, ja furchteinflößend er auf mich wirkte – nicht nur wegen seiner Physis; rein gar nichts ließ darauf schließen, dass sein Leben vom Mitgefühl für Einzelne und von einer Verantwortung der Gesellschaft gegenüber geprägt wäre. Dies also war der Mann, der Franks Töchter mit großgezogen hatte und dessen Familie unterstützte, Moe jahrzehntelang jeden Tag nach Dienstschluss und an freien Tagen aufgesucht und sich liebevoll um den Freund seines besten Freundes gekümmert hatte – der ihm trotz scheinbar fehlender Kommunikation selbst zum besten Freund geworden war.

Kann ich manchmal nicht schlafen, befinde ich mich in einem seelischen Tief oder meine ich eine unschlagbar gute Geschichte geschrieben zu haben, höre ich mir die Aufzeichnungen an, die ich damals auf dem Flughafen gemacht habe – McMahons Stimme, seltsam indifferent schnarrend, trotzdem derart scharf und schneidend, dass mich jedes Mal neu ein Schaudern überkommt. Was hatte dieser Kerl nicht alles erlebt! Was wäre aus mir geworden, aus einem, der sich in seinem Idealismus doch leicht hinreißen lässt, falls ich mit siebzehn Lenzen für mein Land in den Krieg gezogen wäre, drei Einsätze in Vietnam hinter mich gebracht und als Cop in der Bronx mehr Verbrechen gesehen hätte, als selbst der fleißigste Krimiautor sich kaum auszudenken vermag? Hätte ich jene Grenzen der Menschlichkeit überschritten, um derentwillen

McMahon offensichtlich einen Teil seines Selbst verdrängt hatte?

Unvermittelt hatte McMahon seiner erstaunlichen Geschichte eine weitere bemerkenswerte Facette hinzugefügt. Er sagte: »Wissen Sie, als Ashleys Sohn vor mir stand und über seine Kindheit berichtete – geprägt von einem liebevollen Elternhaus –, über eine unbeschwerte Jugend, die Leid und Gewalt der South Bronx von damals nie erlebt hatte, da fühlte ich mich fast, … hm … als wäre ich Vater geworden. Und auch, was mich betrifft, seitdem suche ich …«

Er verstummte, als hätte er bereits zu viel gesagt. Nur eine Andeutung. Jemand wie McMahon würde sich niemals anderen gegenüber wirklich ganz öffnen – und doch war dies die unglaublichste Offenbarung, die mir ein Mensch je hat zuteilwerden lassen.

Konzentriere ich mich auf seine Stimme, glaube ich in ihr tatsächlich ein Vibrieren zu vernehmen, an ganz bestimmten Stellen seiner Erzählung, das davon zeugen mag, dass es ihm vor seinem Tod tatsächlich gelungen ist, jenen Teil von sich wieder vollständig zu befreien, den er als »ein in Bernstein eingeschlossenes Insekt« und »übriggebliebenen Talisman« beschrieben hatte. Ich wünsche es ihm.

Wir unterhielten uns noch eine Weile über die Bronx und diskutierten die Gründe, derentwegen ein Stadtteil so groß wie Houston zu einem derart verwahrlosten Ghetto hatte verkommen können. Einer Kriegszone.

»Die Bronx hat sich gewandelt«, bekundete McMahon am Ende unseres Gesprächs. Die Verbrechen seien auf ein durchschnittliches Maß gesunken. Die Bronx, ein ganz normaler Stadtteil New Yorks – was immer man unter Normalität versteht. Weshalb? Wegen der Politiker? Der

Stadtplaner, die ihre Fehler korrigiert hätten? Der Polizei? Der Anwohner selbst?

»Keiner weiß das so genau«, sinnierte McMahon mit einem Stirnrunzeln. »Ich glaube, alles folgt einem Gesetz. Und das ändert uns alle – irgendwann.«

Von welchem *Gesetz* er da sprach und ob er mehr darüber wusste, ist mir nicht klar geworden. Aber ich hielt ihn für keinen, der einfach etwas ins Blaue hinein erzählt.

Wir unterhielten uns noch eine Weile über die unterschiedlichsten Themen. Baseball. Ich mochte das Spiel. Während meiner Zeit in Amerika hatte ich sogar einmal eines der World Series besucht.

»Bis der Sohn von den Ashleys auftauchte, erschien mir mein Leben als ein einziger, immerwährender Fluch. Ich hätte es besser wissen sollen. Schließlich wurde der ›Fluch des Bambino‹ auch irgendwann gebrochen.« Er lachte. Ein seltsam raues Lachen, das Erste, das mir an ihm aufgefallen war.

Ich wusste, wovon er sprach. Die erfolgsverwöhnten Boston Red Socks verkauften Babe Ruth, den vielleicht besten Baseballspieler aller Zeiten, an die New York Yankees und gewannen bis vor Kurzem fast ein ganzes Jahrhundert lang keinen Titel mehr.

»Machen wir uns nichts vor. Pech im Leben, Genetik, die Umwelt, das Vermächtnis der Eltern«, schloss er, »und auch der amerikanische Traum, der uns zumeist nur noch äußerlichen Erfolg symbolisiert, das alles ist es nicht. Du selbst bist der Sinn des Lebens. Uns selbst zu verändern, das ist der Sinn. Alles andere ist nicht viel mehr, als ein Leben lang Bingo zu spielen.«

Bis heute frage ich mich, was faszinierender war: McMahons Erzählung oder der Umstand, dass er und Ashleys Sohn nicht das gleiche Schicksal teilen mussten wie Zehntausende in New Yorks einst berüchtigtstem Stadtteil – eine kurze und unerfüllte Strecke zu reisen, deren Endstation die Bronx war.

Der Tropfen, der zögerlich ins Höhlenbecken fiel

Ich spiele Klavier. Vor etwa fünfzehn Jahren begann mein Vater mich zu unterrichten –da war ich vier –, allerdings nur drei Jahre lang, meine allerglücklichsten, denn mit sieben entriss mir ein grausames Los in Gestalt eines Bergunfalls beide Eltern, weshalb ich nicht in Kärnten und somit auf dem Land, sondern in der Großstadt Wien bei meiner Tante aufwuchs. Diese pflege ich nun schon seit geraumer Zeit, da sie an Krebs erkrankt ist; derart aussichtslos auf eine Genesung, dass die Ärzte sie nach Hause geschickt und ihr keine drei Monate mehr gegeben hatten. In jener Zeit überkam mich manchmal das unwirkliche Gefühl, allein mein Klavierspiel halte sie am Leben, ein Leben, das doch nach Meinung der Mediziner schon seit über einem Jahr eigentlich hätte erloschen sein müssen.

Ein Jahr, in dem meine Tante körperlich zwar zusehends schwächer wurde, dennoch aber an Lebenskraft zuzulegen schien. Sie bedurfte der ständigen Aufmerksamkeit, sodass ich die Wohnung einzig zum Einkaufen verließ. Besuch kam selten.

Obwohl es mir erstaunlich leichtfiel, Stücke von Tonaufzeichnungen aus dem reichhaltigen Fundus der Tante oder solche aus dem Radio nachzuspielen, verlegte ich mich fast ausschließlich auf eigene Kompositionen oder fantasievolle Improvisationen. Weder konnte ich Noten lesen noch wollte ich ständig die Werke anderer spielen. Lediglich ein Musiklexikon hatte ich durchforstet und mir einen Überblick über Tempi und Dynamik verschafft.

Selten war mir die Zeit langsamer vergangen als in jenem Jahr. Immer häufiger verließ mich mein Zeitgefühl, und schließlich kam es mir vor, als säße ich Tag und

Nacht am Klavier, angespornt von den Blicken meiner bettlägerigen Tante, die mich jedes Mal trafen, sobald ich einmal durch die offene Flügeltür zu ihr hinüberschaute, obgleich ich sie doch zumeist schlafend wähnte.

An einem jener Tage, der wieder weder Tag noch Nacht zu kennen schien, klingelte es unverhofft an unsrer Tür. Ich öffnete einem älteren hageren Mann mit grauem zerzaustem Haar, der bat, meine Tante sprechen zu dürfen. Er machte einen ungepflegten wirren Eindruck, sodass ich ihm sein Anliegen zunächst verweigerte – sie sei zu schwach für jeglichen Besuch –, doch ein bittender Ruf von ihr und seine Erklärung, sie habe ihn zu sich bestellt, veranlassten mich ihn einzulassen.

Ich bekam nicht mit, worüber sie sich unterhielten, denn meine Tante hatte mich sogleich zum Teekochen in die Küche geschickt; ihre Stimmen drangen nur gedämpft in geheimnisvoller Tuschelei an mein Ohr. Mit dem Tablett balancierend kaum wieder im Schlafgemach, forderte der Fremde mich auf, ich möge ihm vorspielen. Die Tante habe ihm von meinem außerordentlichen Talent berichtet; er wolle mich eventuell als Schüler annehmen.

Ich hielt das Ganze für einen Witz. Welcher Lehrer von Ruf nahm schon einen erwachsenen Schüler an, der nur vor sich hin klimpern und nicht einmal Noten lesen konnte? Der bittende Blick meiner Tante veranlasste mich dann doch, im angrenzenden Wohnzimmer am Klavier Platz zu nehmen. Die wirre Gestalt am Bett meiner Tante musterte mich sogar aus der Entfernung jenseits der offenen Flügeltür mit erstaunlich scharfsinnigem Blick.

»Keine Eigenkomposition, der junge Mann. Spiele er Beethoven«, forderte er mich unverhohlen auf.

Derart herablassend, wie er das Wort *Eigenkomposition* betonte, konnte ich nicht umhin, ihm zu erwidern: »Tantchen mag lieber Mozart.«

Weshalb sollte ich dem blasierten Kerl überhaupt etwas vorspielen? Er mochte aussehen wie Beethoven – so jedenfalls, wie ich mir den vorstellte –, und ähnlich aufbrausend war er noch dazu.

»*Mozart?*«, schnaufte er. »Himmelherrgott! Ich mag kein Porzellan oder Tafelsilber klappern hören, ich möchte sehen, wie tief die Musik in dir sitzt!«, äußerte er sich erbost.

Jetzt duzte er mich auch noch!

Die Tante nickte mir flehentlich zu, und so begann ich zu spielen. Die langsame Einleitung des von mir gewählten Stücks half der Erinnerung ein wenig auf die Sprünge. Doch unter dem bohrenden Blick des Fremden wurde ich zunehmend unsicher. *Spielte ich nicht zu leise? Hatte ich hier nicht die Betonung vergessen, dort die richtige Akzentuierung des Stakkatos gerade verpasst? Klang an dieser Stelle das Fortissimo nicht eher wie das Gemurmel eines Einschlafenden? War diese Passage … nicht sogar aus einem völlig anderen Stück!* Immer mehr verhaspelte ich mich unter dem entsetzten Blick des Mannes, der schließlich mit barscher Geste dem Ganzen Einhalt gebot.

Als die beiden sich nun über mein unsägliches Vorspielen unterhielten, hörte ich aus einer Kaskade geflüsterter Töne meine Tante aufgeregt zu dem Fremden sagen: »Du hast es versprochen. Meine letzte Bitte an dich …«

Hilflos hockte ich auf der Klavierbank, paradoxerweise merkwürdig erleichtert, gerade weil der Mann von meinem Spiel nichts hielt. Meine Musik gehörte ohnehin ganz mir, auch wenn sie der Tante anscheinend Trost und Freude spendete.

»Noch einmal vorspielen. Am Ersten nächsten Monats, bei mir zu Hause, pünktlich nach der Jause um fünfzehn Uhr. Und dass er bis dahin übe, übe, übe …!«, fauchte mich der nach meinem Dafürhalten gänzlich ungebetene Gast indigniert an, geradeso als hätte er soeben die größte Beleidigung seines Lebens erfahren.

Er winkte ab, als ich mich erhob, um ihn zur Tür zu begleiten. Kurz darauf hörte ich, wie er sie mit einem lauten Schlag hinter sich zuknallte. Ebenso wütend begann ich sogleich auf die Tasten einzuhämmern, spielte mir den Frust von der Seele und schwor, ich würde bis zum nächsten Ersten nicht einen einzigen Ton von diesem Mistkerl namens Beethoven spielen.

Kaum hatte ich die Fassung wiedererlangt und die Wellen seelischer Pein *con dolore!* in *meinem* Fortissimo ertränkt und fast abrupt *fortepiano* – aus Rücksicht gegenüber der Kranken – mich mit leichten leiser werdenden Tönen *pianissimo* an ein sanftmütiges Ufer gerettet, vernahm ich das Knarren der Schwelle der Wohnungstür im Treppenhaus. Der verdammte Kerl lauschte! Vermutlich amüsierte er sich königlich über meine Wut und Stümperhaftigkeit. Ich sprang auf, wollte ihm nach – hätte ich ihm tatsächlich eine verpasst? –, da hörte ich ihn bereits die Stiege hinuntereilen und unten die Haustür zuschlagen.

Der Mann eben, offensichtlich diesem … diesem verd… Beethoven zugetan, von ihm erzählte meine Tante nun, er sei einmal ihr Liebhaber und später auch ein berühmter Pianist gewesen und würde heute jeweils nur ein einziges erlesenes Talent betreuen und es stets zu Weltruhm führen. Ich weinte in der Annahme, meine Tante ungemein enttäuscht zu haben. Sie hatte sich wohl eingebildet, aus mir könne auch ein derart angesehener Pianist werden.

Kaum, dass sie mich zu trösten vermochte, als sie darauf beharrte, es würde allein meine eigene Musik zählen und das Nachspielen anderer könne ich mit ein wenig Übung bestimmt ähnlich gut hinbekommen.

War ich bereits am Tiefpunkt angelangt? Nein. Unmut und Trauer wuchsen ins schier Unermessliche, als ich meine Tante am nächsten Morgen tot auffand. Erstaunlich, wie friedlich das Gesicht der Toten wirkte, obwohl sie im Leben viel hatte durchmachen müssen. Der frühe Tod ihrer Schwester, meiner Mutter, – er hätte sie wohl ohne die ihr plötzlich erwachsende Aufgabe meiner Erziehung völlig aus der Bahn geworfen – und alter Kummer hatten sie letztlich doch eingeholt und der Krebs sie innerlich zerfressen.

Das friedliche Gesicht der Tante. Die entsetzte Miene des Klavierlehrers. An meiner Klavierkunst hatte es also nicht gelegen, dass die Tante doch noch ihren Seelenfrieden fand. Wenigstens hatte mein Spiel nichts verdorben. Ich beschloss die Musik vorerst aufzugeben, war ich nun zum ersten Mal auf mich alleingestellt und musste niemanden mehr betreuen. Bestimmt hatte das Leben mehr zu bieten als einen verrückten Expianisten und Lehrer.

Es goss in Strömen, als wir meine Tante zu Grabe trugen. Ein einsames Begräbnis, dem außer mir nur ein Anrainer und eine ehemalige Arbeitskollegin beiwohnten. Wie konnte ein derart liebenswerter Mensch nur so wenig Bekanntschaft haben? Nun, dem Exliebhaber und Expianisten hatte ich nicht Bescheid gegeben. Hatte zudem vergessen, an welchem Tag und zu welcher Uhrzeit ich zum Vorspielen geladen war, wusste aber teuflisch genau, dass es mich heute Abend nach Nussdorf zum Heurigen ziehen würde, wo ich den in mir heftig brennenden

Schmerz in ähnlichem Umfang zu ertränken gedachte, wie gerade Schusterbuben vom Himmel fielen. Ein bitteres Lachen überkam mich bei diesem Gedanken, wusste ich doch im Grunde meines Herzens, dass den Verlust der Tante kein Besäufnis der Welt ungeschehen zu machen vermochte.

Mit unbestimmtem Ziel durchstreifte ich nach dem Begräbnis die Stadt, hielt meinen unbedeckten Kopf geradewegs in den böigen Wind – der ab und zu einsetzende heftige Regen war mir willkommen, fast als reinigte er mein Inneres und bereitete mich auf ein neues Leben vor. Ich nahm die Tram zum Opernplatz, schlenderte in der Kärntner Straße an den zahlreichen Geschäften vorbei, hielt hin und wieder vor den Auslagen, besuchte schließlich den Stephansdom, fuhr stundenlang wahllos durch die Stadt, landete am frühen Nachmittag am Schwarzenbergplatz, rannte auf einmal wie von Sinnen los, rüber zur Fontäne, blieb stehen, verharrte, rannte weiter, wandte mich stadtauswärts und kehrte schließlich in einem Lokal am unteren Belvedere zum Vespern ein.

Lange hielt ich es da nicht aus und zog weiter. Wohin es mich den Tag über auch sonst noch trieb, schließlich fand ich mich, mittlerweile ziemlich erschöpft, im 3. Bezirk vor einer Kneipe mit Biergarten wieder. Das Groschenstübl. Vor der Tür stand der Ober und rauchte. Es schien ihm nicht zu gefallen, wie ich da so unschlüssig vor seinem Lokal herumstand, und murrte: »Entweder kommen S' rein, oder Sie verzieh'n sich.«

Ich weiß nicht, ob mein durchnässtes und zerrupftes Äußeres dazu Anlass gab oder ob er einfach nur ein schlecht gelaunter Widerling war; jedenfalls verhalf mir seine Unhöflichkeit mit einem Schlag zu einem klaren Kopf. Ich blickte auf die Uhr.

»3. Bezirk, die Stanislausgasse? Nummer 2?«, fragte ich den ungehobelten Kerl.

Vor Aufregung stolperte ich auf ihn zu und wäre fast in ein Loch mit Schlammbrühe getreten, über das zum Lokaleingang hin provisorisch zwei Holzbretter gelegt waren.

»Grad gegenüber«, entgegnete er, zog noch mal an der Zigarette und warf sie in die Gosse, wo die Glut zischend verging.

Ich stand jetzt direkt vor ihm. Bemerkte, wie abgrundtief hässlich er war, spitzes, blasses Gesicht mit dürrem Kinn und einer Raubvogelnase zwischen buschigen Augenbrauen, die über einem lippenlosen Mund kreisten, ein einziger Strich. Und doch schien er mir wie der göttliche Hermes, Mittler einer der unglaublichsten Botschaften, die mir im Leben bis dahin zuteilgeworden waren. Was würde ein anderer an meiner Stelle denken? Für was würde der diese Begebenheit halten, wenn nicht für eine ausgemachte Sache des Schicksals? Ich hatte den Termin verleugnet, ignoriert, vergessen, und doch stand ich nun am Monatsersten um 14:55 Uhr – also am heutigen Tag – jenem Gebäude gegenüber, in das ich pünktlich um 15 Uhr zum Vorspielen bestellt worden war. Nein, dass ich jetzt an diesem Ort, an diesem Tag und zu dieser Uhrzeit hier punktgenau gelandet war … das konnte kein Zufall sein. Gewollt hatte ich das jedenfalls nicht.

»Zu wem will er denn in der Zwei?«

Die Frage des Obers holte mich aus meiner Verblüffung zurück.

»Soll vorspielen«, sagte ich mehr zu mir selbst. Umso überraschender seine Reaktion.

»Was? *Er*?«

Der Mann packte mich am Revers meines durchnässten Regenmantels.

»Der Meister nimmt keine Stümper wie dich!«, schrie er. Ich hatte das Gefühl, gleich dem Wurf des Zigarettenstummels in die Gosse zu folgen, stattdessen aber packte er mich nur noch fester und musterte mich wie ein zu vertilgendes Insekt. Sein Raubvogelgesicht, von meinem nur Zentimeter entfernt, zeigte grenzenlose Verachtung.

»*Ich* bin sein Schüler, du Wurm. Sein einziger!«

»Von mir aus. Ich bin nicht neugierig …«, entgegnete ich und versuchte mich aus dem Griff zu befreien.

Das gelang mir nicht, aber ich konnte nicht umhin, ihn zu fragen: »Wenn Sie *der* Schüler sind, warum arbeiten Sie dann hier als Schani?«

Sein Griff lockerte sich ein wenig und kurz schaute er verdutzt drein, als wäre ihm dieser merkwürdige Umstand *angehender Starpianist als simpler Kellner* erstmals bewusst geworden.

»Meister Seibold meint, es … es tue meinem Spiel gut, gar eine Übung … die Finger … auf Stimmen hören …«

Ich lachte.

»Komm. – Zum Meister!«, brabbelte er mit bös funkelnden Augen, packte meinen Arm, riss mich mit sich, und als wir über die Holzplanken stolperten, versetzte er mir einen Stoß in der Absicht, dass ich in die schlammige Grube stapfte. Jedoch, der Schups verfehlte die gewünschte Wirkung, da nun der Ober aus dem Gleichgewicht geriet und statt meiner mit dem linken Fuß selbst in das knöcheltief schlammige Loch trat.

Er fluchte, zerrte mich weiter, die Straße überquerend, die Stiege zum Haus gegenüber hoch, die quietschenden Eisengitter des Aufzugs, vierte Etage … und dann standen wir beide atemlos vor einer eleganten Holztür, dem

Eingang zur Wohnung – zu der dieser widerliche Greifvogel doch tatsächlich den Schlüssel besaß!

War der Schüler schon eine deftige Überraschung, stand der Lehrer ihm im Gebaren wenig nach. Als sich die Tür öffnete und den Blick ins Innere der Wohnung frei gab, erblickte ich den hageren Mann, den ich als unsren Besucher sofort wiedererkannte, völlig aufgelöst im großen Zimmer auf und ab gehen. Durcheinander die grauen halblangen Haare, fahrig sein Gang und die Gesten; ich sah, wie er jedes Mal, wenn er bei dem gedeckten Tischchen mit der Jause vorbeihetzte und bei jeder Bahn, die er zog, kurz zögerte, dabei nach einer Semmel oder dem Teegebäck greifen wollte, es sich doch stets anders überlegte.

»Meister!«, rief mein Peiniger, abermals den Griff am Arm verstärkend, als fürchtete er, ich könne ihm im letzten Moment entwischen, bevor der Meister mir höchstpersönlich mitteilte, das Ganze sei ein Irrtum und nur er, der hässliche Vogel, sei der wahre und einzige Schüler seines Herrn.

Selten habe ich ein derart erlöstes Lächeln gesehen, das nun über das Antlitz des Hageren huschte, als er sich umdrehte und unser gewahr wurde.

Er eilte auf mich zu und stellte sich als Xaver Maria Seibold vor.

»*Meister* Seibold«, korrigierte Josef ihn mir gegenüber.

Dies also der hochgerühmte Lehrer, der offensichtlich in banger Erwartung auf mein Erscheinen gehofft hatte, auf jemanden, der keinen Beethoven zusammenbrachte und für den Noten das Gleiche waren, als wolle einer aus gestreutem Hühnerfutter eine Melodie herauslesen. *Na, nimm es als guten Gag, den du heute Abend den Leuten beim Heurigen erzählen kannst*, munterte ich mich auf.

Angesichts dieser beiden Irren glaubte ich mittlerweile auch nicht mehr an Schicksal, eher an einen absurden Zufall, aus dem man mit einem Quäntchen Humor bestimmt das Beste machen könnte.

Der Ober vom Groschenstübl – fast hätte ich einen Lachkrampf bekommen, denn der war ja *Schüler* dieses Meisters – hatte mich, wohl verwundert ob der Reaktion seines Lehrers, unvermittelt losgelassen.

Ich rieb mir den Arm und dann übermütig die Hände. Beethoven? Könnt ihr haben! Keine Sekunde hatte ich geübt; würde den beiden schon zeigen, wie man ihn wohl *nicht* spielte und der Spuk wäre vorbei. In Gedanken wählte ich bereits das Lokal, mit dem ich heute Abend beginnen würde und dem weitere folgen würden.

In Vorfreude grinste ich, obwohl ich plötzlich tief im Innern einen Schmerz verspürte, der mich erschaudern ließ, da er mich ebenso aufzufressen versprach wie jener, der meine Tante dahingerafft hatte.

»Dem gibst du doch keinen Unterricht?«, fragte das Vogelgesicht.

Sein Lehrer zuckte vergnügt mit den Achseln.

Ich konnte zu diesem Zeitpunkt nicht ahnen, dass der Meister mich bereits als neuen Schüler auserkoren und das Vorspielen schon stattgefunden hatte, als er nach der Verabschiedung an der Türschwelle zur Wohnung meiner Tante meinem wütenden Spiel gelauscht hatte. Ehe ich einwenden konnte, ich nähme bestimmt bei niemandem Unterricht und schon gar nicht bei einem derart verwirrten Typ, hob ein Klagen an, das jedem Hund zur Ehre gereicht hätte. Nur – und das ließ mich erschrocken zur Seite treten –, jetzt verwandelte sich das Vogelgesicht in das eines blutrünstigen Werwolfes.

»Ich schaffe es, Meister! Und wenn ich mit meinem Blut und meiner Seele bezahl'.«

Angewidert wandte sich der Lehrer von ihm ab.

Langsam dämmerte es mir. Der Schüler hatte alles gegeben, aber sein Lehrer ließ ihn fallen, weil er seinem Ruf nicht gerecht wurde. Es sah aus, als habe der arme Kerl sein ganzes Leben lang sich an etwas geklammert, das er nie erreichen würde und ihm, in dieser aberwitzigen Stunde, endgültig versagt bliebe. So als habe Salieri erkannt, er komponiere doch nur wie ein Mensch, obgleich er ein göttlicher Mozart hatte werden wollen.

»Josef, was stehst du hier noch rum? Geh! Musst du nicht drüben kellnern?«, entgegnete der Meister kühl.

»Warum *er*?«, fragte Josef verzweifelt.

Sein Lehrer schwieg.

»Bitte …«

Keine Antwort.

»Verflucht! Ich will wissen: Warum er?«, schrie Josef außer sich.

Sein Gesicht verzerrte sich auf eine Weise, als wollte er jeden Augenblick zum gedeckten Tisch stürzen, das darauf befindliche Messer ergreifen und uns, sich eingeschlossen, mit wuchtigen Stichen meucheln. Nie zuvor sah ich einen so verzweifelten Menschen. Seine Lippen bebten, Tränen rannen die Wangen hinab, er zitterte am ganzen Leib. Wäre ich vor Angst nicht wie erstarrt gewesen, ich hätte Mitleid empfunden.

Josef sank auf die Knie, als sähe er darin die letzte Möglichkeit, den Meister umzustimmen, oder, so kam es mir vor, als hätte er letztlich die Vergeblichkeit seines Fluchens und Flehens eingesehen.

Selbst der Meister schien mit einem Mal einen mitleidigen Blick auf seinen ins zweite – und letzte – Glied gerückten Schüler zu werfen und seufzte. Dann wandte er sich an mich und verlangte mit sanfter Stimme:

»Spiel einen Ton. Bitte, nur einen einzigen Ton.«

Ich sah ihn verwundert an, kam seinem Wunsch jedoch nach und trat zu dem wunderschönen Flügel, neben dem Josef noch kniete.

»Leg ein Bild in diesen Ton, und lass uns danach wissen, was du dir vorgestellt hast.«

Lass es, riet eine Stimme in mir, d*ie beiden sind verrückt!* Aber wie unter Zwang hob sich meine rechte Hand. Meine Finger suchten eine Note aus der zweigestrichenen Oktave, tauchten hinunter zu den Tasten des Flügels und ich wollte sie gerade erklingen lassen, da rief der Meister: *Halt!*

Er lächelte entschuldigend. »Schreib vorher auf, an welches Bild du dabei denken wirst.«

Josef wies er an, Papier und Schreibzeug herbeizuholen. Der sprang auf die Füße, taumelte, verlor fast das Gleichgewicht im Eifer, der Anweisung des Meisters Folge zu leisten, kramte in einer Kommode, holte die verlangten Dinge und überreichte mir Stift und Papier. Ich hätte schwören können, für einen Moment überwog Neugier in seinem von Hass entstellten Gesicht. Ich schrieb etwas auf das Blatt, faltete und reichte es dem Meister.

Im Raum kehrte geradezu feierliche Stille ein, und zum ersten Mal konnte ich mir wirklich vorstellen, wie es sein mochte, vor ein Publikum zu treten, das Auditorium mit Erwartung und Vorfreude erfüllt. Ich ließ mich auf der Klavierbank nieder. Bis zum Äußersten gespannt, war ich mir plötzlich der Aufgabe bewusst, von der ich glaubte, nicht einmal ein Meister könne Derartiges vollbringen. Das erstrebte Bild vor Augen und mit einer Leichtigkeit, als spielte ich für meine Tante, schlug mein Mittelfinger wie von selbst die gewünschte Taste an. Ein Ton erklang, wie ich ihn selbst nie reiner vernommen hatte.

»Er kann's …!«, hörte ich Josef wimmern.

»Was siehst du, Josef?«, drängte ihn der Meister.

»Eine Höhle … der Tropfen.«

»Weiter, Josef. Was noch?«

»*Langsam … zögerlich.*«

»Ja … *und*?«

»Der Tropfen fällt in den Höhlensee, zögerlich … *oh mein Gott!* … jetzt ganz hinein!«

Zögerlich fällt der Tropfen ins Höhlenbecken. Ich nickte sprachlos. Das war das Bild aus meiner Vorstellung und genauso hatte ich es auf dem Zettel vermerkt.

Noch immer saß ich mit geschlossenen Augen da. Als ich sie öffnete, konnte ich die Verwandlung kaum glauben: Josef, der abstoßendste Mensch, dem ich je begegnet war, das Gesicht vorhin noch von Eifersucht und Hass entstellt, ein von Verzweiflung Getriebener, kam mit einem Lachen auf mich zu und umarmte mich derart innig, als wären wir seit Anbeginn die besten Freunde gewesen. Nicht nur seine Garstigkeit war verschwunden, er strahlte Selbstsicherheit aus. Seine Liebenswürdigkeit erschien mir echt und natürlich, fast so, als wäre er Ober in einem vornehmen Café im 1. Bezirk und nicht Schani im Groschenstübl gegenüber. Selbst das durchnässte Hosenbein trug er mit einer Würde, als habe er einer Dame über eine Pfütze geholfen, indem er selbstlos hatte hineintreten müssen.

»Du musst viel üben«, riet er und klopfte mir wohlwollend auf die Schulter. Dann, eher wehmütig und doch auch ein wenig stolz: »Ich habe üben müssen, unendlich viel …«

»Ja, wir werden sehr viel üben müssen!«, stimmte der Meister an mich gewandt zu, »das eine ist, andere retten zu helfen, aber sich selbst befreien muss man eben auch.«

S. & M.
Kreuz des Boulevards

1

S. zog sich aus. Sollten sie ihn doch so sehen, wie sie ihn zugrunde gerichtet hatten: bis in den letzten Winkel seines Inneren entblößt. Vielleicht würde einer der Paparazzi unten vom Balkon aus zu ihm hochklettern, ihn überraschen wollen. *Diesmal* würde er sie überraschen. Sollten sie ihn doch so zeigen, wie sie ihn fänden. Ausgeblutet, ans Kreuz ihres Scheißboulevards geschlagen, diese Wixer. Alles, was anders und irgendwie besonders war, fand den Weg ans Kreuz oder in die Vitrine. Warum hat Jesus ihnen nie gesagt, er sei einer von ihnen?

Hat er?

Ohnehin war der Vergleich schlecht gezogen. Aber warum habe *ich* ihnen nie gesagt, dass ich ein ganz normaler Mensch bin, keine Ikone, kein Gott?

Hab' ich?

Nein. Stattdessen hatte er sich wie der Auserwählte feiern lassen.

S. schmiss die Sachen auf den Boden, während er zum Balkon ging. Nackt bis auf die Unterhose zog er die Vorhänge beiseite. Nichts. Nicht mal ein Paparazzo im Haus gegenüber. Dunkle Nacht.

Er schrie. Brüllte in ohnmächtiger Wut, riss sich das letzte Kleidungsstück auch noch vom Leib.

Seine Frau hatte er wegen dieser miesen Schweine verloren. Keinen Schritt hatte sie tun, nicht einmal in Ruhe einkaufen können, ohne verfolgt zu werden. Damals konnte er noch lieben. Gott!, wie sehr hatte er sie geliebt. Ihr Blick ... wie ein Lächeln inmitten der aufgehenden Sonne. Warum nur begreifen wir erst, was uns wichtig ist, wenn wir es nicht mehr haben? Dabei steht der Spruch in jedem Poesiealbum.

Damals hätte er mit dem Berühmtsein einfach aufhören sollen. Songs für andere schreiben, so wie sie ihn jetzt schon coverten – egal ob Rock, Rapp oder Schnulze. Nicht wegen seiner Bekanntheit. Nein, seine Melodien waren spitze, die Texte tiefgründig, na gut, von den Idioten verstand die sowieso keiner.

Wie sie mich immer in den Arm genommen hat, mich tröstete, sich mir hingeben konnte, damit ich sein konnte, der ich war.

Er klopfte gegen sein Herz. Tränen rannen die Wangen herab. Welch ein Schmerz wütende in der Brust!

Er könnte mit ihr nach Kanada gehen, nähme die gemeinsame Tochter mit. Weg von alldem hier. Ein elendiges Krächzen kroch aus seinem Mund. Hatten doch längst eine neue Familie. Die Tochter einen Bruder, Kind eines anderen Vaters. S. liebte seine Tochter, hatte aber keinen Kontakt zu ihr. Das Kind sollte ja normal aufwachsen.

S. ging zum Schreibtisch und nahm ein Blatt auf. Diese schmachtende Göre vorhin am Hoteleingang hatte ihm das Papier zugesteckt. Die wäre wohl gestorben, hätte er es nicht angenommen. Er starrte auf das Bild, das der Teenager ihm gemalt hatte. *Normal aufwachsen?* Wie die etwa? Eine, die beim Anblick eines körperlichen, seelischen und moralischen Wracks vor Verzückung in Ohnmacht fiel? *Weil sie dir nichts anderes zum Träumen gegeben haben als mich …* Sie sind schuld, sie war schuld, *du* bist schuld.

2

»Er war mein Freund«, klagte der Manager auf der Pressekonferenz am folgenden Tag ins Mikrofon. Am Morgen

hatte er S. tot aufgefunden. »Ein fürsorglicher Vater …
liebte die Musik über alles, und diese Liebe und seine
Kunst bleiben uns durch seine Werke.«

Gott sei Dank war das Schwein tot. Nackt und mit einem
Gürtel um den Hals? Der perverse Sack hatte seine sexu-
ellen Spielchen wohl ein wenig zu weit getrieben und war
daran erstickt. Was soll's. Seine Platten würden sich bis in
alle Ewigkeit verkaufen.

3

»Er war mein Liebhaber«, sagte M. mit zitternden Händen und sog an ihrer Zigarette. Die sechste, seit sie hier
waren.

Die Polizisten in Zivil hatten M. ausgehorcht. Anfangs
hatte sie sich gefragt, ob sie verdächtigt würde.

»Wie ist er denn gestorben?«, erkundigte sie sich zum
wiederholten Mal. Drückte ihre Zigarette aus. Steckte
eine neue an.

»Fräulein, ich sagte Ihnen doch, darüber können wir
keine Auskunft geben«, erwiderte der eine, das Haar fast
genauso wie S. – weiche halblange blonde Haare mit Mit-
telscheitel. Und wie dem die Vorderlocke manchmal ins
Gesicht fiel … wie bei S.

Der Mann, dem die Locke ins Gesicht fiel, dachte an den
Tatort. *Kein schönes Bild, Mädchen.*

Die Augen verdreht, die Zunge wie mit Gewalt aus dem
Mund herausgezogen, das gedunsene Gesicht, der Urin,
der Kot, in dem er lag. Nur mit ihrem Bild *bekleidet*. Warum hatte der Kerl sich das Bild um die Genitalien gewi-
ckelt? Hatte er was mit diesem Teenager gehabt?

Von der Art, wie man S. gefunden hatte, um die Genitale
das Bild, auf dessen Rückseite ihr Name und ihre Adresse
standen, würde er ihr nicht erzählen. Er musterte das

nervöse Mädchen. Fan oder Geliebte? Minderjährig. Rauchte aber wie ein Kraftwerk. Kein BH. Möpse wie eine Erwachsene. Vielleicht hatte S. sich tatsächlich wegen der umgebracht. Nur, die vagen Aussagen von M. hatten dies nicht erhärten können.

Ach was, die wusste nichts. Fühlte sich wichtig. Vielleicht hatte S. sich auch nur beim Sexspiel versehentlich erhängt. Auf jeden Fall war der Typ allein im Zimmer gewesen. Die Überwachungskamera auf der Etage zeigte keinen Besucher.

Er fühlte den Blick seines Kollegen, der wohl ähnlich dachte, und nickte.

Der andere fragte M.: »Dürfen wir mal Ihr Zimmer sehen?«

Sie vergaß die Zigarette, kaute auf den Fingernägeln.

»Nö. Dürfen Sie nicht. Brauchen Sie da nicht so einen …« Locke winkte ab.

Klar wollen die sehen, ob ich mein Zimmer mit seinen Plakaten zugekleistert habe und vielleicht doch nur ein blöder Fan bin und nicht seine heimliche Geliebte.

»Schon gut …«, sagte der andere. »Hören Sie, wir wollen nur herausfinden, ob es ein Unfall war oder ob es ein Motiv für einen Selbstmord gab.«

Ihr Blick ging ins Leere.

Sie waren gegangen. M. lauschte. Es roch nach kaltem Rauch. Sie stürmte die Treppe hoch in ihr Zimmer, riss die Plakate von den Wänden, warf alle Fanutensilien in einen Karton, kramte die Kopien der Fanpost aus der Schublade und die Kopien der Gemälde, die sie S. zweimal wöchentlich zugeschickt hatte. Seit sie denken konnte. Bloß alles weg! Falls die wiederkamen.

Sie behielt die Kopie des Gemäldes, das sie gestern am Eingang S. zugesteckt hatte. Mit dem würde sie zur

Zeitung gehen. Die Polizisten hatten gemeint, das Original könne sie nicht wiederbekommen. Wieso eigentlich nicht? Aber wenn sie es aus obskuren Gründen nicht zurückerhielt, dann würden die Zeitungsleute auch nicht herausbekommen, dass sie in diesem Punkt log und ihnen etwas vorgaukelte – und doch das war jetzt die Wahrheit: das Letzte, auf das S. geblickt hatte, war ihr Gemälde gewesen. Wenn er auch mit dem Leben nicht mehr klargekommen war, so war er doch mit einem Schimmer Hoffnung gegangen – mit ihrem Bild in der Hand. Ja, sie waren ein Paar gewesen, ja, er war unglücklich gewesen, ja, er hatte sie geliebt. Sie sah ihr Bild in der Zeitung, sich als Gast bei Talkshows, bei Spielesendungen, als Moderatorin einer eigenen TV-Show.

M. hätte sich nie träumen lassen, dass all dies, als sie nun die Tür zu ihrem Zuhause hinter sich schloss und zur Zeitung ging, genau so, sogar in derselben Reihenfolge, eintreffen würde.

4

Auf den Tag genau vier Jahre nach dem Tod von S. … M. saß auf dem Boden eines Hotelzimmers und weinte. Luder, Schlange, Schlampe … was hatte sie nicht alles ertragen müssen! Musste sie auch in diese Spanner-Show gehen, in der Promis 24 h am Tag von Leuten begafft wurden? *Drecksspanner! Von wegen. Ich bin schlauer als ihr. Ich hatte wenigstens ein Leben.* IQ wie ein Dildo, hatte einer gespottet. Diese ordinären Glotzer hatten diesen spottenden Kerl rein- und sie rausgewählt. Eine andere hatte behauptet, sie hätte gelogen und S. hätte sie vermutlich nicht einmal mit einer Zange angefasst.

M. stand vom Teppichboden der Suite auf. *S. hatte sie geliebt!*

M. zog sich aus. Sollten die sie doch so sehen, wie sie einen zugrunde gerichtet hatten: bis in den letzten Winkel des Inneren entblößt. Vielleicht würde einer der Paparazzi unten vom Balkon aus wieder zu ihr hochklettern, sie überraschen wollen. *Diesmal* würde sie die überraschen. Sollten die sie doch so zeigen, wie sie sie fänden. Ausgeblutet, ans Kreuz des Boulevards geschlagen.

Käffchen, Elfie?

Espresso oder Cappuccino, das ist heut die Frage. So was von klaro: Latte Caramel! Vorsicht, dein fünfter. Passt schon, zehn Tassen sind gebongt laut WHO.

Ehrlich, Elfie, bei dir sind's zwölf.

Sag ich doch, mein Motto: Mach dass Dutzend voll! Alle halbe Stunde außer in der Mittagspause. Dafür trinke ich im Urlaub nur die Hälfte. Moment! Mal aufs Jahr hochrechnen. Scheiße, wer hat wieder den Rechner geklaut? Ach, hier … Bei der verdammten Software findest du nichts mehr. Aha, mal sehen … Siehst du: *zehn* Tassen im Schnitt pro Tag. Urlaub eingerechnet. Perfekt. Alles gesund.

Kaffee gibt dem Tag Struktur. Galaxonmäßig. Hawkings peilt die Sterne, ich den Kaffee. Der Astrophysiker chillt im Kosmos, ich häng hier im Büro ab. Und das mit meinen Fähigkeiten! Mitarbeiterin des Monats. Zweimal hintereinander. Machst dich noch unbeliebt, Elfie.

Hätt' ich doch Physik studiert. Wer weiß, vielleicht wäre ich so 'ne Nummer wie Hawkings. Bescheiden, Elfie, bescheiden. Schon gut. Genie ist eine Anomalie in der Lebenslinie – wenn du nicht gerade aus Harvard bist oder adlig. Oh Gott, morgen kommt die Queen! Darf ich nicht verpassen. Schau ich via Internet.

Heftig! Der Stapel wird auch nicht kleiner. Sieh an, auf dem Antrag fehlt das Geburtsdatum. Und wer bitte soll das nachtragen? Ich jedenfalls nicht. – Antragsteller will ins Grundbuch eingetragen werden. Mutter verstorben. Erbt das Haus. Mann, sind die Leut' gierig. Aber nicht mal das Geburtsdatum eintragen können! Mmh, alles beglaubigt. Glaub ich trotzdem nicht.

Wer, verdammt, klopft nun schon wieder an die Tür? Soll sich einer konzentrieren können. Müssten das Amt mal 'n Weilchen zumachen, damit man sich in Ruhe der Leute annehmen kann. Elfie, dann ist hier keiner, wenn alles dicht ist. – Mmh, ich tick schon nicht mehr richtig. Brauch echt 'nen Kaffee.

Einen Augenblick bi… Schon gut, kommen Sie rein. Gott, sieht der Kerl gut aus. Schließ die Tür … ja … gut, gut so. Dreh dich um. Noch einen Tick! Voilà. Was 'nen Knackarsch! Elfie, du bist verheiratet! Schon gut, ich bet' nen Vaterunser. So ein Hintern aber auch! Voll krass analog. Elfie! Ich guck ja nur. Man gönnt sich sonst nichts. Boey, hat der Junge 'nen Body! Was der wohl will?

Ach?

Schade. Austragung vom Grundbuch Zimmer 307, aber Sie können sich gern bei mir eintragen lassen … Nein? … Wo? Dritte Tür links, gleich nach dem Kopierer.

Dort sitzt Ilse, die Schlampe, die flirtet noch mit jedem. Und jetzt schneit dieses voll gediegene Brett bei ihr rein. Hat die ein Glück! Was hab ich dagegen immer nur für ein Klientel.

Ach nee, Ilse hat sich ja krankgemeldet. Bei was die sich am Wochenende wohl übernommen hat? Durchgesumpft. Total abgefiedelt, das Feierbiest. Die ganze Nacht im Fummelbunker verbracht. Breiern und dann weiterfeiern. Tja, wenn du erst mal verheiratet bist. Elfie, du liebst doch deinen Mann! Ja, ja, schon gut. Aber nur für ein einziges Mal nicht verheiratet, nicht Mutter, nicht Alte, Mama, Kumpel … nein, Frau – unbekanntes Wesen –, sogar für mich. Und so 'nen Kerl wie der gerade. Was 'ne Nummer!

Mist, das Wichtigste hätte ich glatt vergessen: Bin heut mit den Nummern dran. Auslosen der Mittagspause –

wer darf zuerst. Endlich mal wieder vor den anderen in die Mittagspause gehen. Schummelt doch jeder, wenn er mit der Verlosung dran ist. – Hildchen sieht heut wieder so blass aus. Kränkelt, das arme Ding. Warum nicht mal die gewinnen lassen? Elfie, du bist ein Engel!

Klopf, Klopf. Ah, Biggy kommt mal wieder nicht mit den Befehlszeilen klar. »Zeichnen einer geraden Linie«.

Du verstehst das nicht? Ja, *gerade* Biggy, *gerade* eben! Schon klar? Aber was heißt ZXKONSTRUIERE *Punkt; Seite; Bedingung; 'Typ1'; Bezug1; Wert1 [; 'Typ2'; Bezug2; Wert2]*? Da stehts doch in der »Hilfe«, liebe Biggy: *Ausgabekennungen für den Ergebnispunkt lassen sich mithilfe der Anweisung NUMMER / INUMMER vergeben.* Biggy, du klickst den Link *INUMMER* und musst, da steht's doch, Biggy!: Den angegebenen S-Wert negativ verwenden.

Sieht man mal wieder, wie genial Hawking war: Der hätte statt des ganzen Gedöns einfach 'ne Line gezogen. Und gerade noch dazu.

Und Achtung, Biggy, vergiss den »Hinweis« nicht: Die Typen 'J', 'F' und 'G' definieren einen Profilpunkt nur über einen geometrischen Ort.

Und Tschüss! Ja klar, Mittagspause rauchen wir eine zusammen. Ach, und sag Hildchen, sie ist heute zuerst dran.

Mann, ist das easy. Biggys Job müsste man haben. Jetzt muss ich aber echt mal wieder an mein Zeugs. Der Antrag hier macht mich fertig. Fehlt einfach das Geburtsdatum. Ohne Grund. Steht sonst überall, sogar auf dem Totenschein. Aber nicht auf *diesem* Formular! In Ostpreußen geboren. Sollte man echt nachprüfen. Vielleicht ist das Ganze ein fetter Betrug! Nicht mit mir. Ostpreußen jetzt liegt in Polen. Internationales Problem also. Was man dir alles aufbürdet.

Kaffee. Ich brauch jetzt 'nen Kaffee! Was stand auf der Packung? ETHIOPIA HIMALAYA CLASSÉ GRANDE *mit seinem einzigartigen Charakter, gelesen in den erlesensten Kaffeeprovenienzen der Welt. Unsere exklusiven Sorten stammen ausschließlich von kleinen Farmen oder Haciendas.* Wow, Riesenkonzern und gibt sich so 'ne Mühe! Geh'n von Haus zu Haus und sammeln ein. Da hast du's! Von den kleinen Haciendas direkt zu dir ins Büro! Wenn ich mir das vorstelle … *Entlang sanfter Hügel zärtelt der Wind und wiegt die Pflanzen auf den Plantagen in …* – wo war das gleich noch? – … ah, hier steht's: ETHIOPIA HIMALAYA. Plantagen? Nein, kleine Haciendas; die Pflänzchen stehen dort direkt im Garten, Kind!

Jedenfalls brauch ich dringend 'nen Kaffee! Sonst geht's mir noch wie der Jasmin. Drei Tage lag die im Büro, ehe sie die gefunden haben. Jetzt schaut der Chef jeden Tag bei uns rein. Wie in Stalingrad, wo die Offiziere die Mannschaften stupsten, damit die nicht einschliefen. Blöder Vergleich vom Chef. Als ob hier einer schläft! Memo: Tauscht euch mehr mit den Kollegen/Kolleginnen aus. Richtig. Muss Susanne ohnehin mal wegen der neuen Software was fragen. Nichts funktioniert mehr, nicht mal 's Solitär. Immer diese Umstellungen! Da kommt doch keiner mehr mit. Neue Passwörter – als ob ich mir die alten behalten hätte. Nichts findet einer mehr! Mein Nervenkostüm hängt ohnehin schon am letzten Knopf; irgendwann reißt der ab, und dann … Ende Gelände. Finden mich tot auf wie die Jasmin. Die ist bestimmt an der dämlichen Software krepiert. Herzinfarkt. Oh Gott, die neue Software. Und nicht mal Biggy kannst du fragen. Musst alles allein machen. Beruhige dich Elfie, mach langsam. – Kaffee? Einen von den neuen Sorten? Dann bist du wieder im Workflow und direkt in der Cloud.

Heh! Ohne Klopfen, das geht gar nicht. Oh, … Sie, Chef! – Was gibt's? – Da warten Leute draußen? Tja, alles auf einmal kann ich auch wieder nicht. Hab hier einen ganz schwierigen Fall, Geburtsdatum fehlt, ersuche um Amtshilfe. Die Kollegen in Polen … Na schön, schicken Sie einfach den Nächsten rein. Für Sie mach ich doch alles.

Der Chef kennt auch nicht mein Bauchgefühl. In dem Fall stimmt was nicht. Die Gute soll mit dreiundneunzig gestorben sein? So lange da kein Geburtsdatum auf dem Antrag steht, hat die für mich nicht mal existiert. Dass ich nicht lache! Bestimmt ist das 'ne ganz andere Frau. Herrgott, ist das ein Betrieb! Und jetzt auch noch der Chef. Draußen warten sie. Noch drei Stunden, sechs Kaffee.

Alter Verwalter, meine Nerven. Sachte, sachte, sonst geht's dir noch wie der Jasmin. Fällst im Stuhl tot um. – Tapfer, Mädel, jetzt aber rann. Sonst motzt der Chef, draußen die Leute. Polen muss warten. Die Erben auch. Gier ist eh daneben. Wühl mir hier einen ab. Und auch noch die neue Software, das volle Programm. Sachte, denk an Jasmin!

Noch ein Käffchen, Elfie?

Robin, Sarah – und John

Stickige Hitze lag über Los Angeles wie ein Schiedsspruch, der allen ein und dasselbe mühselige Tempo auf-
erlegte. Einzig ein junger Mann schien noch bedächtiger
unterwegs, als suche er erst seine Orientierung, während
die anderen die ihre offenbar schon gefunden hatten.
Weit weniger entdecken übrigens den eigenen Weg, als
man annehmen sollte, denn dazu müssten die Leute auch
mal die bequeme Straße verlassen – meint jedenfalls Cookie, der Philosoph. Würde einer dessen Gedankengängen
weiter folgen, gelänge er zur Einsicht, der menschenge-
machte Kompass gelte ohnehin nicht für den gesamten
Kosmos. Zudem würde der gute Cookie seltsamerweise
behaupten, die Welt in einem drinnen sei ausschlagge-
bend ebenso für andere und nicht minder wichtig für den
Lauf der Dinge.

Der rostbraune Chevrolet-Pickup bog vom W Sunset
Boulevard ab, zockelte ein paar Blocks weiter nordwärts
und dann entlang einer Seitenstraße parallel zum Sunset,
wo er einen Parkplatz hinter dem The Stable Diner an-
steuerte.

Diese Gegend Hollywoods konnte man kaum als gla-
mourös bezeichnen, es sei denn, man meinte die Leucht-
reklamen der Bars und Motels, wenn auch nicht unbedingt jene des Stundenhotels Fargo Inn, an dessen
Hauptschild rot aufflackernde Birnchen nur noch in müden Intervallen *F-rg- --n* von sich gaben. Und doch zeigte
diese Ecke Hollywoods hie und da eigenen Stolz und In-
szenierung. Das lag an Bars wie dem durchaus noblen
Transit Queen, einem Tanzlokal für Schwule und Lesben,
sowie dem erwähnten The Stable Diner, in dem man gut

essen konnte und auf dessen Parkplatz der Chevy gerade zum Halten kam.

Ein lautes Knarzen, als Robin die Fahrertür zuknallte. Auf die Vorderfront des Lokals mit den fein säuberlich geputzten Fensterscheiben zusteuernd blickte er nochmals zurück, als erwartete er, das gewaltsame und fürwahr heftige Zuschlagen der Tür habe dem Pick-up den Rest gegeben und der Chevy sei nun endgültig zusammengebrochen. Juckte ihn doch nicht, falls sie ihn am College blöd anglotzten, sobald er dort mit der schrottreifen Karre auftauchte. Nichts vermochte seine Freude zu trüben. Eben hatte er Bescheid bekommen, er könne sich hier bei der UCLA oder der FSU in Florida dank eines Stipendiums einschreiben. *Yeah!* Mann, würde das John freuen – und Cookie war bestimmt ganz aus dem Häuschen!

Das heruntergekommene Viertel und einige um Vorzeigbares Bemühte würden binnen kurzem in schicksalhaft perfider Weise kollidieren und dennoch irgendwie mehr sein als nur ein sich abstoßendes Nebeneinander unterschiedlichster Lebensweisen und Charaktere, die hinterher wieder ihrer Wege gingen. Cookie, der Philosoph, würde sagen: Was immer der Mensch trennt, die Natur vereint doch alles wieder. Soll keineswegs verharmlosen, was in dieser Nacht jenen beiden Individuen widerfuhr, die sich in diesem Moment begegnen sollten.

Ungestüm riss Robin die Eingangstür zum Restaurant auf und hätte dabei fast ein miesepetriges Mädchen umgestoßen, das gleichzeitig mit ihm zur verchromten Türklinke gegriffen hatte.

»Eh, kannst du nicht aufpassen?«, blaffte sie ihn an.

Das Mädchen – er bemerkte so gar nichts von einer Frau an ihr, obgleich sie in seinem Alter sein mochte und alles tat, um eventuell vorhandene weibliche Vorzüge zur

Geltung zu bringen: grell geschminkt, kurzer Jeansrock sowie ein rotes durchschimmerndes Top, mit dessen schreiender Farbe höchstens ihr dick aufgetragener Lippenstift konkurrieren konnte – *klar war die eine vom Strich.* Keine Transe; das bemerkte er normalerweise gegen zehn Lagen Make-up.

»Tschuldigung. Hab dich nicht gesehen«, murmelte Robin, eher verdattert wegen ihres Aussehens als über den Umstand, dass er sie übersehen hatte.

»Klar, als ob ich zu übersehen wäre!«, entgegnete sie spitz und drängte sich an ihm vorbei.

Er sparte sich die Bemerkung, dass dies hier ein Restaurant sei, in dem normalerweise nur Homosexuelle verkehrten und sie hier ganz sicher nicht hineinwollte. *Soll die blöde Kuh das doch selbst rausfinden.*

Beide passierten die gut besetzten Tische und erreichten gleichzeitig die Bar. Noch ehe Robin sich seinen Stammplatz sichern konnte, hatte sie sich bereits auf dem Barhocker am äußeren Ende direkt neben der Küche niedergelassen.

Robin protestierte nicht – er war kein Gast, gehörte vielmehr zur Familie –, hatte keine Lust, sie überhaupt anzusprechen. Die würde sich ohnehin bald wieder trollen.

Robin grüßte den gegen die Bar gelehnten Endfünfziger in Lederkleidung nur mit einem knappen Nicken und packte wortlos seinen Laptop auf die Theke. Ed hingegen strahlte ihn an. Normalerweise forderte er Robin auf, sich einmal um die Achse zu drehen, als wollte er ihn von allen Seiten bewundern – auch wenn Robin ihm den Gefallen nie tat und Ed sich zumeist einen missbilligenden Blick von John, dem Barkeeper, einfing. Diesmal kicherte Ed nur verzückt und sagte: »Oh! Hast heut deine Freundin mitgebracht!«

John, der an einem kleinen Pult über einem Stapel Rechnungen brütete, blickte auf und bemerkte, »Wäre doch schön, wenn wir hier mal eine Hochzeit ausrichten könnten.«

Robin errötete. »Ich bin nicht ...«, kam es von beiden gleichzeitig. Sie sahen sich verdutzt an.

Sie fasste sich als Erste: »Ich bin nicht ihre Freundin, wolltest du sagen?«

Robin zuckte die Achseln, deutete auf die rosa Vorhänge beim Eingang zur Küche und gab zurück: »Ich, dein*e* Freund-*i-n*? Ja, in dieser Kneipe wär's wohl angebracht, das auf die Weise zu dementieren.«

Die muss echt einen an der Klatsche haben, sich hierher zu verirren.

Abgesehen vom Holz war wirklich alles im Restaurant und rund um die Bar in Rosa gehalten. Allein die strahlend weißen Tischdecken auf gut einem Dutzend Tischen parallel zur Eingangsfront hoben sich farblich ab. Robin schüttelte den Kopf. Meine Fresse, selbst die Salz- und Pfefferstreuer waren rosafarben.

Vielleicht war es ihre Anwesenheit, die ihn veranlasste, den Innenraum neu in Augenschein zu nehmen. Zehn Jahre lang – seit John und Cookie ihn quasi adoptiert hatten – war ihm nicht aufgefallen, wie bizarr der Laden auf einen Außenstehenden wirken musste. Selbst der Boden der kleinen Tanzfläche im hinteren Bereich rechts neben der Bar war rosa gefliest – und überdies noch rosa angestrahlt!

»Mir gefällt's«, bemerkte sie, seinem Blick folgend.

Als ob einer an deiner Meinung interessiert wäre.

»Wir sind schwul – und das bis ins letzte Detail«, merkte ein zierlicher Mann mit Kochmütze an, der neugierig, wohl der weiblichen Stimme wegen, aus der Küche getrottet kam. Cookie.

»Schwul bis ins letzte Glied … ja klar «, frotzelte Ed anzüglich.

Eine typische Bemerkung unter Homosexuellen, fand Robin. Jeder zweite Satz von Ed, der ansonsten einen Schrotthandel betrieb und im The Stable Diner ein zweites Zuhause gefunden hatte, beinhaltete eine mehr oder weniger direkte Anzüglichkeit. Möglich, mutmaßte Robin, hatte das mit der unterdrückten Identität zu tun, die sich unter ihresgleichen dann unverblümt ihren Weg bahnte. Zwischen John und Cookie gab es doppeldeutige Anspielungen selten, vermutlich wegen der Liebe, die sie auch im Alltag verband.

Erneut errötete Robin. *Alle wussten es!* John und Cookie lasen es ihm an der Nasenspitze ab, trotz der vorübergehend schlechten Laune, die die Begegnung mit *ihr* auf sein Gesicht gepinselt hatte. Auch Ed reckte sich neugierig und lugte erwartungsvoll zu ihm hinüber. Alle starrten ihn an. In Gegenwart der Fremden druckste er erst etwas herum, platzte dann aber mit der freudigen Botschaft heraus, er habe das Collegestipendium erhalten!

John, wie zu erwarten war, bebte vor Stolz und Cookie umarmte vor lauter Freude alle, derer er habhaft werden konnte. *Auch sie!*

Robin nutzte das Durcheinander, um sich wieder auf seinen angestammten Platz zu setzen. Sie schien das gar nicht zu bemerken.

»Hab mir schon gedacht, dass heute der große Tag ist und was Besonderes vorbereitet!«, rief Cookie glückselig und verschwand in der Küche.

Ein stolzes Lächeln stahl sich über Johns Gesicht. »Robin studiert jetzt Wirtschaft und so«, erklärte er der Unbekannten.

Gehörte die nun schon zur Familie, oder was?

»Unser Junge will später mal 'ne richtig innovative Firma gründen.« Er entkorkte eine vorsorglich in Griffweite gebunkerte Flasche Champagner und stellte Robin und Ed ein Glas hin.

Auch eines für sie.

»He Robin, bloß keinen Laden, wo sie Eizellen und so einfrieren, damit die bescheuerten Mitarbeiter Karriere machen können«, frotzelte Ed.

Das Mädchen, das sich John mittlerweile als Sarah vorgestellt hatte, nickte Ed zu.

Dreh dich bloß nicht auch noch zu mir um.

»Hab drüber gelesen«, behauptete sie.

»Ach, du kannst lesen?«, flüsterte Robin ihr zu.

Einen schönen Hals hat sie. Elegant gebogen wie von 'nem Schwan. – Wenn du fies zu ihnen bist, lassen sie dich auch in Ruhe.

Sie ließ sich durch seinen Kommentar nicht beirren und sagte: »Die was von sich für 'ne Firma einfrier'n, sind doch selbst nicht ganz aufgetaut.«

Cookie kehrte mit gut gefüllt dampfenden Tellern zurück.

»Ach nee!«, stellte er zufrieden fest und blinzelte Robin wissend zu. »Unter all der Schminke steckt ein patentes Mädel. – Bist heut' eingeladen, Kleine.«

Ob beim Einkaufen oder sonst wo unterwegs, Cookie versuchte eine jede mit ihm zu verkuppeln.

»Stell dir vor, so ein feiner Kerl wie unser Robin hat keine feste Freundin«, ergänzte er und stellte zwei würzig duftende Portionen Chili vor sie hin.

»Bitte sehr, der Herr ...die Dame.«

Mann, Cookie, die ist 'ne Nutte!

Sie schaute Cookie verblüfft an.

Als sie John bald darauf nach der Toilette fragte und rasch verschwand, war Robin sicher, dass Cookies Bemerkung sie dazu veranlasst hatte, sich abzuschminken. Als sie zurückkam, wich sie Robins spöttischem Blick aus.

»Hübsches Ladies-Klo«, bemerkte sie beiläufig zu John, als sie sich wieder setzte. »Bin wohl die Erste, die es benutzt?«

John nickte.

»Aber *No Transgender* als Schild an der Tür«, fragte sie, »ist das nicht schon Diskriminierung?«

»Wozu soll ich jeden Tag zwei Toiletten putzen lassen«, erklärte John lachend.

»Sieh mal einer an«, rief Cookie aus, als er ihr und Robin zum Nachtisch Zitronencreme hinstellte, »unter all der Schminke verbirgt sich ein hübsches Gesicht!«

Diesmal war sie an der Reihe zu erröten. Robin bemerkte ihre grünlich glänzenden Augen.

Eher zeigt beim Fargo das demolierte Schild ›No Vacancy‹ an, als dass ich dich mal hübsch finde. Robin grinste. Dass in dem versifften Stundenhotel mal kein Zimmer frei sein sollte, schien in der Tat undenkbar.

Verschmitzt erkundigte sich John, wie es zur Ehre ihres Besuchs käme, wo das weibliche Geschlecht sich doch sonst nie hierher verirre.

Robin tat, als hörte er nicht zu, doch so sehr er sich auch auf den Monitor vor sich konzentrierte, bekam er trotzdem jedes Wort mit.

Sie hing normalerweise am Sunset Blvd. auf dem Parkplatz beim Denny's rum, so zwischen zwei und drei, wenn sämtliche Bars der Umgebung schlössen, um dann ein bisschen Taschengeld zu verdienen. Heute sei sie früher unterwegs gewesen.

Taschengeld nannte sie das!

Flüsternd verriet sie John, nachdem er ihr absolutes Stillschweigen gelobt hatte – *Mann, was ne unreife Torte!* –, sie hätte da eine Masche an Geld zu kommen, ohne dass jemand groß Schaden davontrüge. Sie ginge mit dem Freier aufs Zimmer, lasse sich schon mal die Hälfte auszahlen und verschwände dann unter dem Vorwand, sie wolle, um in Stimmung zu kommen, noch schnell ein wenig Dope besorgen.

John lachte. »Das funktioniert?«

»Ich lass immer meine Handtasche im Zimmer zurück …«

»… aber in der ist nichts drin!«

Sie nickte.

Wo sie ihre eigentliche Handtasche zwischenzeitlich bunkerte, verriet sie nicht. Schien die aber jetzt dabei zu haben.

»Wenn das nicht irgendwann mal schief geht«, argwöhnte John.

»Ist es ja! Heut ist mir der Typ gleich hinterher. Konnte gerade noch hier rein entwischen«, erklärte sie die missliche Lage und puhlte nervös mit dem Finger in einem Brandloch im Tresen.

Ed lachte: »Die fallen echt noch auf den Handtaschentrick rein? Na ja, wie dämlich die Leute sind, merkst du, wenn sie vor deiner Schrottpresse stehen und auch noch dafür zahlen, dass du Wertstoffe für sie entsorgst.«

»Ich schlaf' aber mit keinem von denen«, bemerkte Sarah zum Schluss von oben herab und mit einem verstohlenen Seitenblick auf Robin.

»Irgendwann machst du für sie ja doch die Beine breit«, zischte Robin ihr hämisch zu.

Ihre Lippen wurden zu Strichen. Sie wollte gerade etwas entgegnen, erbleichte und rutschte halb von ihrem Hocker. »Scheiße, das ist er!«

Ein Mann betrat gerade das Restaurant. John griff über die Bar, nahm ihren Arm und bugsierte sie durch den Vorhang in die Küche.

»Ja, wen haben wir denn da?«, hörte Robin Cookie mit gedämpfter Stimme sagen. »Du willst mir sicher beim Schneiden helfen.«

»Ach, ich … ich kann so was nicht. Hab noch nie was Praktisches gekonnt, echt«, protestierte sie.

So siehst du auch aus.

Doch als der Mann sich mit umherschweifendem Blick näherte, versetzte Robin seiner Laptoptasche mit dem Fuß einen Stoß und schob sie blitzschnell vor die lila Pumps, die Sarah vor der Bar abgestreift hatte.

Der hagere Mann, Mitte vierzig und mit teils ergrautem Haar, kam stracks auf John zu.

Handelsvertreter. Wenn deine Frau das wüsste. Autsch! Und jetzt bist du auch noch in 'ner Schwulenbar gelandet, nachdem sie dich um ein paar Dollar geprellt haben.

»Ich suche ein Mädchen. Mittelgroß, blondes Haar zum Pferdeschwanz gebunden.«

John starrte den Mann feindselig an.

»Hab ich da nicht eben eine verschwinden sehen?« Er deutete auf den Vorhang zur Küche.

»Hast du Tomaten auf den Augen? Du bist hier in 'ner Bar für Tunten, du …«

Johns Blick stoppte Ed.

Der zog eine Schmolllippe und blinzelte dem Eindringling zu. »Bin zwar nicht blond, aber dein Mädchen könnt' ich schon sein.« Er ließ die Muskeln seiner tätowierten Oberarme spielen. »Hab die beste Schrottpresse der West- küste«, behauptete er anzüglich.

Der Fremde verzog das Gesicht.

John lachte. »Mit ein paar Bierchen mehr intus ... ne, so notgeil bin ich nun auch wieder nicht. Ich überlass ihn dir, Ed.«

»John, bändelst du da gerade mit jemandem an?«, kam es aus der Küche. Der Vorhang schob sich zur Seite und Cookie stolperte mit erhobener Bratpfanne heraus.

Der Mann, der Sarah suchte, erblasste. Fehlte gerade noch, in dieser Schwulen-Spelunke in einen handfesten Streit zu geraten. Die Bullen gabeln ihn auf, das Mädchen war bestimmt minderjährig ...

Cookie schwenkte die Bratpfanne in Richtung des unge- betenen Gastes, stapfte zurück in die Küche, wo er die Pfanne laut hinknallte.

Robin grinste innerlich. In Sachen Eifersucht brauchte Cookie gar nicht groß schauspielern.

»Ganz ruhig, Jungs, bin wohl falsch hier«, beschwich- tigte der Mann.

»Ach nee«, gluckste Robin.

Der andere drehte sich um und verschwand nach drau- ßen. Kaum hatte sich die Tür hinter ihm geschlossen, hörte Robin kichernde Stimmen aus der Küche. Cookie und Sarah schienen sich bestens zu amüsieren.

»Der war so 'nen Arsch wie mein Vater. Betrügt die ganze Welt und meint, *er* würde beschissen«, bemerkte Robin zu John, dessen Gesicht sich verfinsterte.

Robins Vater hatte direkt nach der Geburt das Weite ge- sucht und Mutter und Sohn sitzen lassen. Robin hatte ihn nie kennengelernt. Auf der Beerdigung seiner Mutter hatte er John und Cookie getroffen, die sich des verwaisten Jungen annahmen. Robin wusste über seinen Vater nur, dass der eigentlich homosexuell gewesen war und John ihn kurz gekannt hatte. Wo er letztlich abgeblieben war, wusste offenbar keiner.

»Mutter erzählte, er hätte sich ohne ein Wort verpisst, der Arsch, gerade als sie zu ihm sagte ›wir müssen jetzt noch was einkaufen‹«, rätselte Robin zum zigtausendsten Mal an dem Satz herum und darüber, ob der überhaupt etwas mit dem Verschwinden seines Vaters zu tun hatte, obwohl seine Mutter genau dies stets beteuert hatte. *Hab ich an seinem Blick gesehen.* »Was soll an dem Satz falsch gewesen sein?«, murmelte er.

»Sie hätte nicht ›wir‹ sagen dürfen«, warf John mit säuerlicher Miene ein.

Robin, mehr oder weniger wieder in die Daten vor sich vertieft, blickte auf.

John grinste verlegen. »Na ja, ich mutmaße nur, aber weißt du, manche Männer … und ›wir‹?«

»Du nimmst das Schwein doch nicht etwa in Schutz?«, rief Cookie, dessen gerötetes Gesicht sich durch den rosa Vorhang schob. Schien seine Ohren überall zu haben. Wüsste Robin es nicht besser, schon aus lauter Eifersucht hätte Cookie die ganze Bar verwanzt.

»Ich hätt' die Sau persönlich erschossen«, entgegnete John, worauf Cookie mit zufriedener Miene wieder hinterm Vorhang verschwand.

Sarah, sie hatte gerade neben Robin Platz genommen, zuckte mit den Achseln: »Hm … 'n junger Kerl! Vielleicht wusste er nur noch nicht, an welchem Ufer er sich niederlassen sollte.«

Robin verzog das Gesicht. »Ach, hatt' ich glatt vergessen, du bist ja die neue Hauspsychologin!«

Aus der Küche ertönte Cookies Stimme, dazwischen das Tack-tack-tack eines flinken Messers. »Da hat das Mädel nicht mal unrecht. Bei all den Vorurteilen und dem Scheiß, den die Leute erzählen, brauchst du 'ne Weile, ehe dir klar wird, wer du eigentlich bist.«

John beugte sich näher zu Robin. »Ich will deinen Vater, diesen Dreckskerl, gar nicht entschuldigen, doch so 'n Biberbau bedeutet 'ne Menge Verantwortung. Die Verpflichtung, es an einem Ort auszuhalten … Dein Vater, glaub ich, war eher der Typ, der den Fluss allein hinunterschwimmt.«

»Nimmst den Scheißkerl also doch in Schutz?«, kam es aus der Küche.

»Nö. – Im Gegenteil!«, rief John zurück. Dann, väterlich an Robin gewandt: »Cookie hat ja recht. Wenn dir jemand ein Stück von sich gibt, musst du's auch mit ihm teilen. Kapiert, Junge? Sonst verliert der andere nämlich etwas von sich. *Das* hätte dein Vater sich mal überlegen sollen, ehe er sich mit deiner Mutter einließ.« Sagte es und tunkte ein schmutziges Bierglas ins Spülbecken, dass es nur so spritzte.

Es mochte an Sarahs Gegenwart liegen, dass der Abend rascher verstrich als üblich. Vielleicht hatte sie erst die Angst vor ihrem Verfolger und ihre kratzbürstige Fassade ablegen müssen, denn zugegeben, sie besaß Witz und Humor und brachte alle zum Lachen. Besonders Cookie, mit dem sie vorhin in der Küche eine Zeit lang geheimnistuerisch miteinander geflüstert hatte. Selbst Ed zwinkerte ihr gut gelaunt zu, als er wie üblich gegen Mitternacht nach Hause zu seinem Kabüffchen auf dem Schrottplatz trabte. Und als kurz nach ein Uhr der letzte

Gast gegangen war, hörte Robin die vertrauten ersten Takte von *Heroes*.

Meist spielten sie hier Hip-Hop und ab und zu lief auch mal House; stets um halb zwei aber, oder sobald die Bar schloss, legte John David Bowie auf, um in alten Zeiten zu schwelgen.

Cookie kam dann – ganz unphilosophisch und zappelig – aus der Küche und prüfte sein Aussehen im Spiegel hinter der Bar. Robin hätte schwören können, dass Cookie und John um Jahre jünger wirkten, als es sie nun, Hand in Hand, zu einem Feierabendtänzchen auf die Tanzfläche zog.

Es war die große Liebe für die beiden, auch wenn sie sich öfters mal zofften. Möglicherweise mochte ihre Treue zueinander ihnen das Leben gerettet haben, denn von ihren früheren Freunden war keiner mehr da – hinweggerafft von einer Krankheit, die Anfang der Achtzigerjahre noch weitgehend unbekannt war und insbesondere unter Homosexuellen wütete.

Wie zwei besorgte Mütter, die befürchteten, sie brächten ihre Töchter nicht unter die Haube, zogen sie Sarah und Robin mit auf die Tanzfläche.

I, I could be king
And you, you could be queen
Though nothing will drive them away
We can beat them, just for one day
We can be Heroes, just for one day.

»Robin«, stellte er sich ihr vor, ehe er ihre Hand nahm.

»Sarah«, verbeugte sie sich mit einem Knicks.

Obwohl sie in Ordnung schien, hatte er sich verkniffen ihr zu stecken, dass dies auch der Name seiner Mutter gewesen war.

Sie schmiegte sich an ihn. Für einen Moment fühlte es sich an, als hätte sich die Welt mit einem Mal zurechtgerückt. Aber das konnte nicht sein.

Versonnen blickte sie ihn an.

Was dachte sie gerade? Er spürte ihre Wärme und fragte sich, ob es das Verlangen nach Zuneigung war, das ihn gerade durchströmte; Wünsche, wie sie sich nie erfüllen konnten, weil keiner – er lauschte dem Text des Liedes – ja, keiner *schwimmen* konnte … und am Ende alle untergingen, da jeder mit dem Tod verging und, wie bei seiner Mutter, alles kein gutes Ende nahm.

I, I wish you could swim
Like the dolphins, like dolphins can swim
Though nothing,
nothing will keep us together.

Die Welt drehte sich um ihr eigenes flüchtiges Glück, zog Kreise hoffnungsvoller Leichtigkeit wie dieser Tanz mit jedem Schritt. Wenigstens für ein paar Takte glücklich sein.

Aus dem Augenwinkel beobachteten sie, wie Cookie seinen Kopf auf Johns Schulter legte, und Sarah tat es ihm gleich.

»Ich würde alles geben, wenn John mein Vater wäre«, flüsterte Robin.

»Und ich, wenn's Cookie wär'«, gab sie zurück.

»Cookie ist eher der mütterliche Typ.«

»Eben drum. Meine Stiefmutter war ein bösartiges Biest.«

Sie hob den Kopf und sah ihn an. Ein entschlossener Blick. Zum ersten Mal bemerkte er die Frau in ihr, ohne zu ahnen, dass ihr Entschluss, von zu Hause abzuhauen, ihre erste erwachsene Entscheidung gewesen war.

»Cookie ist mehr, als er mit seiner tuntenhaften Art vorgibt«, stellte sie fest, fast so, als würde sie sich selbst verteidigen.

Robin lachte.

»Warum lachst du?«

Er spürte ihre Unsicherheit und zog sie näher an sich.

Sie war nicht dumm. Höchstens ungebildet. Sie verstand so vieles, alles das, was er an Cookie so bewunderte.

»Ja, Cookie … der ist mit allen Wassern gewaschen. Ehe er John kennenlernte, studierte er Philosophie und Jura an der UCLA. Deshalb geh ich jetzt auch auf die UCLA.«

»Ich wünschte, ich hätte zur Schule gehen können und nicht auf 'ner Farm malochen müssen.«

Dabei bin ich doch der Dumme. Könnte ich bloß so sein wie Cookie – oder wie sie.

Sie lachte plötzlich, ihre Augen blitzten, und sie wirbelte ihn mit sich. Und wieder spürte er jene Wärme, wie eine Verheißung puren Glücks.

I will be king
And you
You will be queen

Bowie wieder zum Schluss. Das Eingangslied war zugleich auch das letzte. Robin zögerte, ehe er sie losließ.

»Du bringst Sarah nach Hause. Ich möchte, dass meine neue Küchenkraft sicher zu Hause landet«, bemerkte Cookie zu Robin, während John die Lichter ausmachte.

Sarah lächelte verlegen, nichtsdestotrotz keck, als Robin Cookie mit offenem Mund anstarrte.

»Gratuliere zum Job. Freut mich für dich«, sagte Robin, als er sie über den Fahrersitz in den Pick-up schleuste. Die Beifahrertür klemmte mal wieder.

Benommen vom Tanz, vom Reigen, der ihn mit ihr verflechten wollte, fragte er Sarah, ob sie mitkommen wolle ins reiche Hollywood, in eine übers Wochenende leer stehend Villa, für die er dank seiner Nebentätigkeit als Wachmann den Zugang kannte.

Das Licht der kleinen runden Scheinwerfer im Pool warf Schatten ringsum, die mit jeder Bewegung im Wasser entlang der rauen Wände tanzten, als Sarah und Robin durch die kaputte Schleuse schwammen, die den Außen- vom Innenbereich des Pools trennte und sie so in die Villa gelangen ließ.

Nackt stiegen sie aus dem Pool. Die Kleider hatten sie draußen auf dem Rasen liegen lassen. Es fröstelte sie; hier drinnen war es kühl.

Er hatte Lust sie zu berühren. Stattdessen lächelte er wie erstarrt. Sein Blick wanderte an ihr herab. Sie war rasiert wie jene, die sich in einer dieser Peep-Shows rekelten, in die John ihn einmal geschleift hatte, wohl in der Hoffnung, das weibliche Geschlecht würde ihn abstoßen und er sich einen männlichen Freund suchen.

Sarah, wie sie sich gab, dürfte das Rasieren nur ihrer Freundin Rosie, der Prostituierten, nachgemacht haben.

»Du bist schön … da unten«, murmelte Robin.

Sie wollte etwas erwidern, da hatte er sich bereits umgedreht und machte sich am Kamin zu schaffen.

»Ein Feuer wird uns guttun«, rief er in den Raum hinein, ohne sich umzuschauen.

Sie fläzten sich, in flauschige Bademäntel gepackt, auf das Sofa, tranken Bier aus dem Kühlschrank (der Weinkeller war mit einer Alarmanlage gesichert), und sie erzählte ihm, wie sie in Virginia auf einer Farm aufgewachsen war, in tiefster Provinz, an der Grenze zu Tennessee – das einzige Mal, dass Robin sie unterbrach, weil er dort einmal mit John zufällig durchgekommen war –, berichtete, wie glücklich sie als Kind gewesen sei, bis ihr Vater erneut geheiratet habe, nachdem ihre Mutter bei der Farmarbeit tödlich verunglückte. Sie schilderte Robin, wie die Stiefmutter sie geschlagen, sie von der Schule genommen habe, damit sie wie eine Sklavin auf der Farm schuftete, während ihre Stiefmutter ihr Dasein genoss. Nichts schien sie ihr recht zu machen, bis sie selbst glaubte, zu nichts zu gebrauchen zu sein.

Eines Nachts entdeckte sie Rosie, schlafend in der Scheune, eine Herumtreiberin, die nach Los Angeles wollte, um ein Filmstar zu werden. Noch in derselben Nacht zog sie mit Rosie weiter. Rosie war wie eine ältere Schwester. Sie kamen nach LA und blieben. Rosie sagte, es mache ihr nichts aus, mit Männern für Geld zu schlafen. Im Gegenteil.

Robin schwieg.

Er hatte ihr von seiner Mutter erzählen wollen, die gleichfalls Sarah hieß, aber in Chicago gewohnt hatte, davon wie sie zwischen zwei Schüssen auf der schmutzigen Kochstelle mit zittrigen Händen etwas zu kochen versuchte – während sein Blick auf die extravagante Küchenzeile am Ende des riesigen Wohnraums fiel.

Er blickte hoch zur getäfelten Zimmerdecke, dann zum Pool, der halb ins Innere des Raumes ragte, dort, wo die vielen Liegen standen, wo sie Partys und Orgien feierten, wie Robin von Will, seinem Kumpel beim Wachdienst, gehört hatte.

Er blickte zu Sarah. Es drängte ihn, ihr die tiefsten Wunden seiner Seele anzuvertrauen, etwa, wie er seine Mutter auf dem verdreckten Bett gefunden hatte, die Spritze noch im Arm, die Augen verdreht, als wäre sie von der Welt derart angewidert, dass sie nicht mehr hinschauen wollte, so verzweifelt, die Pupillen ganz weg … als hätte sie nicht einmal den Anblick ihres eigenen Sohnes ertragen. Bestimmt hatte er sie an seinen Vater erinnert, an dessen unerwiderter Liebe sie zerbrochen war.

Er musste Sarah nichts erzählen. Sie verstand auch so.

»Ich möchte bei Cookie in der Küche anfangen«, sagte sie, »er meint, ich wäre gar nicht so ungeschickt.«

Robin nickte und starrte wortlos ins Feuer.

Sie schmiegte sich an ihn.

»Entschuldige«, sagte er und löste sich sanft, aber bestimmt von ihr, »muss mal frische Luft schnappen.« Stand auf, ging zur Terrassentür und zog sie auf. Ein schwüler Lufthauch empfing ihn, als er nach draußen trat. Grillen zirpten und durchbrachen eine Stille, an die von weither das Treiben der nächtlichen Großstadt anbrandete. Pulsierendes Leben im tiefschattigen Nichts.

Robin starrte in die Nacht. Er hatte sie zurückgewiesen. *Der einsame Wolf*. Das war er. Allein. Und das würde so bleiben. Auf seinem eigenen Weg, unbeirrt, unbeugsam, nicht unterzukriegen; wie auf dem Parkplatz hinter dem Stable die Halme, die Cookie jede Woche aufs Neue ausriss, die doch immer wiederkamen und nicht einmal mit der chemischen Keule zu bändigen waren. Genau. *Unbändig*. Wie sein Scheißvater. Den gleichen Fehler aber würde er nicht begehen. Er würde niemanden sitzen lassen, musste weiter. Nervös zog er seine Hände aus den Taschen des Bademantels, gleichsam wie der aufzuckende Flügelschlag eines Vogels während der Rast.

Er wandte sich wieder dem Wohnraum zu und erstarrte. Von oben kamen Geräusche. Scheiße, Will hatte sich geirrt. Anscheinend war der Besitzer der Villa doch zu Hause geblieben. Keine Geschäftsreise an die Ostküste. Der Typ hatte bislang nur gepennt.

Sie hörten auf der Empore Schritte, die sich der Treppe nach unten näherten. Sarah bedeutete ihm, er solle verschwinden, sie würde das schon regeln.

Er zögerte, nickte. Besser so. Jeder ging seinen Weg.

Kaum war er beim Pool, wollte sich hineingleiten lassen, da stockte er und lauschte.

Eine kratzige Stimme räusperte sich. »Na so eine Überraschung! Muschi zum Frühstück! Dachte, die Party wäre erst morgen. Gott, dieser Scotch und diese Schlafmittel … Schätzchen, hab zwar 'nen kleinen Cocktail intus, aber für 'ne Nummer zwischendurch langt's allemal«, hörte Robin es krächzen. »Hab ich dich nicht schon mal nachts auf dem Parkplatz gesehen, wo all die Nutten rumhängen? Klar doch, sobald die rund um Denny's dichtmachen.«

»Bild dir nichts ein. Ich war nur kurz zum Baden hier«, entgegnete Sarah schnippisch.

»Hast du dir so gedacht. Bist in meinem Haus. Da machst du auch schön die Beine breit.«

Ein erstickter Schrei, Robin drehte sich um. Der barfüßige Mann im Hausmantel packte Sarah und drängte sie hinüber zum Sofa.

»Lass sie los!«, hörte Robin sich mit befremdlich kalter Stimme rufen.

Überrascht drehte der andere sich um. Das fettige Haar klebte am länglichen Kopf und blutunterlaufene Augen starrten Robin hinter einer Hornbrille an. Aus dem offenen Hausmantel lugte ein dünner erigierter Penis, was zusammen mit dem dicken Bauch ziemlich albern aussah.

Robin kam näher. Obwohl er auf der Hut war, überraschte ihn die Flinkheit des anderen, der rasch zur Kommode trat und plötzlich einen Revolver in der Hand hielt.

»Schon gut, schon gut!«, beschwichtigte Robin ihn. »Wir haben uns nur ein wenig amüsiert … natürlich zahlen wir Ihnen die Lebensmittel und das Saubermachen.«

Der Dicke schüttelte den Kopf. »Nee, Junge«, er deutete auf Sarah, »*sie* ist der Preis.«

Robin schüttelte den Kopf. »Keine Chance, Alter!«

»Ach nee? Ihr seid in *meinen* Besitz eingedrungen, da schert es keinen, wenn ich euch einfach übern Haufen knalle.« Er hob den Revolver.

»Lassen Sie wenigstens ihn gehen«, flehte Sarah.

»Der bleibt schön hier. Kann ja zugucken. Vielleicht erschieß ich ihn nicht, wenn ich mit dir durch bin und du dich anstrengst.«

Er tat einen Schritt auf Sarah zu, schwankte dabei, und Robin, der auf eine derartige Gelegenheit gewartet hatte, trat ihm seitlich gegen das hintere Bein. Die Beine des Mannes verhakten sich, er verlor den Halt, knallte mit dem Kopf gegen den Kaminsims – ein merkwürdiger, aber eindeutiger Laut … und er glitt leblos die Klinkersteine des Kamins entlang zu Boden.

Der Revolver des Toten schlitterte Sarah vor die Füße. Als sie ihn aufheben wollte – um *irgendetwas* zu tun –, rief Robin:» Nicht! Beweg dich nicht. Rühr nichts an und bleib einfach, wo du bist.«

Er blickte auf ihren bebenden Körper; die Beine zitterten, ihr Blick suchte verzweifelt nach Halt.

Das auffauchende Feuer im Kamin, dessen gelbrote Flammen auf dem starren Gesicht des vor ihm Liegenden den Totentanz aufzuführen begannen, der Mann, der noch halb unter Alkohol und Schlafmittel gestanden hatte … Der Plan war einfach.

Er bedeutete Sarah nochmals, sie solle dort bleiben, nahm ein frisches Badehandtuch aus einem Regal, griff damit nach dem Revolver, legte ihn in die Kommode zurück, eilte die Stufen zu den oberen Räumen hoch, kam mit einem schmutzigen Glas, einer offenen Flasche Whiskey, ein paar Tablettenschachteln und Journalen zurück. Füllte das Glas, stellte es neben dem Toten ab, legte die Tabletten auf den Couchtisch, platzierte die Flasche auf den Boden nahe am Kamin. Dann holte er die Pornomagazine, die er neben dem Bett oben im Schlafzimmer gefunden hatte und platzierte sie neben den Beinen des Toten, die vom Kamin weg in Richtung Couchteppich und der kleinen Bar zeigten. Er öffnete diese – all dies mit dem Handtuch, um Fingerabdrücke zu vermeiden – entkorkte eine Karaffe mit Scotch und kippte sie so um, als sei sie dem Toten umgefallen. Beide starrten auf den weißen Teppich, der sich gierig mit bernsteinfarbener Flüssigkeit vollsog.

Robin stopfte ihre Badetücher und die Bierflaschen in Müllsäcke. Als er damit fertig war, nahm er sie bei der Hand, flüsterte ihr zu, obgleich Wispern kaum nötig gewesen wäre: »Verschwinden wir. Wieder durch die Schleuse am Pool. Geh schon.«

Sie nickte, aber verharrte. Er wollte nicht, dass sie mit ansah, was er nun vorhatte, damit sie sich später wenigstens einreden konnte, es wäre ein Zufall, ein Unfall gewesen, bald nur noch ein böser, letztlich verblassender Traum.

Sie jedoch blieb stehen. Widersetzte sich seinem Drängen, schüttelte den Kopf, als wäre es ihre Pflicht, ihm wenigstens auf diese Weise beizustehen.

Wie in Trance trat Robin zu dem Toten. Fast meinte er, erst jetzt beginge er ein Verbrechen, und aus einem Unfall würde nun Mord. Vorsichtig, den Toten beim Bademantel packend, richtete er den leblosen Körper etwas auf, drehte ihn – und legte dann, nach kurzem Zaudern, den Kopf des Mannes im Kaminfeuer ab. Ein Zischen. Augenblicklich stank es nach versengtem Haar und verbrannter Haut. Durch Robins kühle besonnene Maske griff das Grauen nach ihm. Er würgte.

Sarah wankte ein wenig, als er ihre Hand fasste; doch so fragil, wie sie war, so stark war sie auch. Er mochte den Widerspruch von Stärke und Verwundbarkeit in ihr nie enträtseln, aber verlassen konnte er sich auf sie wie auf sich selbst.

Also doch Florida. Er sah sie an. Sie nickte unmerklich. Nun waren sie zu zweit.

Noch einmal schaute er sich im Wohnbereich um und sah, wie der Bademantel Feuer fing, die Flammen sich zum Whiskeyglas fraßen; bald würden sie zum alkoholgetränkten Teppich greifen und der Raum und das ganze Haus in Flammen stehen. Er wusste nicht, ob die Polizei ihre DNA und Fingerabdrücke finden würde (er hatte bestimmt nicht alle Abdrücke wegwischen können). Denkbar, die kamen zu dem Schluss, das unter Alkohol und Schlafmitteln stehende Opfer habe das Gleichgewicht verloren, sich am Kaminsims das Genick gebrochen, sei mit dem Kopf noch halb in den Kamin gefallen und Körper und Kleider – so nahe beim Feuer – wären die Ursache für den sich ausbreitenden Brand. Konnte man festzustellen, dass man dem Unglücklichen zuvor ein Bein gestellt hatte? Oder den bereits leblosen Körper einen Fuß näher zum Kamin bewegte?

Das Wasser war surreal klar, als sie in den Pool stiegen, fast wie eine Taufe ins neue Leben. Konnte einer unschuldig und unbelastet der Zukunft entgegensehen, obwohl er die Schuld am Tod eines anderen trug? *Er* war hier eingebrochen, *er* hatte den Mann zu Fall gebracht. Klar, der

Mistkerl hatte seinen Teil dazu beigetragen und vergewaltigen wollen, mit der Schusswaffe gedroht.

Ihre verkrampfte Hand entspannte sich in der seinen, ehe sie einander losließen und durch die Schleuse nach draußen schwammen.

»Ist besser, der Junge verduftet erst mal von hier. Sonst kommen die irgendwann noch auf ihn. Besonders bei der auffälligen Schrotmühle«, fand John.

Cookie seufzte erleichtert. »Mittlerweile dürfte der Pickup samt Müllsäcken in Eds Schrottpresse verschwunden sein.«

»Der Chevy war ohnehin fällig. Die rostbraune Farbe war früher bestimmt mal ein knalliges Rot gewesen«, scherzte John.

Für die Fahrt nach Florida hatten sie Robin ihren Wagen gegeben.

»Find ich einfach toll, wie du dich um den Jungen kümmerst«, schniefte Cookie unter Tränen ganz unphilosophisch. Er hatte nun mal nahe am Wasser gebaut.

»War dein Vorschlag, ihm von … was wir …«, brummte John.

Er mochte es nicht aussprechen. Ihre Ersparnisse waren für ein Restaurant in besserer Lage gedacht gewesen; ein Traum, den insbesondere Cookie seit Langem hegte.

Cookie schnäuzte sich. »Florida. Wir sollten da auch hin. Trotz allem. Wir fangen wieder klein an. Wir verkaufen den Laden hier! Ich vermiss unsren Robin schon jetzt.«

»Erst muss Gras über die Sache wachsen«, entgegnete John. Er stand abrupt auf, murmelte etwas und verschwand aus der Küche. Er wählte die Toilette des Restaurants; Cookie sollte nicht mitbekommen, dass er sich mal wieder übergeben musste. Der bekam sonst immer alles mit.

Wie nach fast jeder Nacht herrschte Chaos im Toilettenraum. Jemand hatte auf den Fußboden geschissen, und ein Pissoir war mit Kondomen verstopft.

Er öffnete eine Toilettentür, auf deren Innenseite unter dem Schriftzug *die hard* übergroße Genitalien eingeritzt waren. Überall hatten die Leute etwas hinterlassen, um sich zu verewigen. *Oh fuck!*, in einer Welt, in der irgendwann doch alles einstürzte und von der – ebenso von einem selbst – rein gar nichts blieb.

Er übergab sich.

In kaltem Schweiß gebadet und totenblass lehnte er neben dem Waschbecken an der Wand. Die Magengeschwüre wieder? Nee, ihm war einfach nur abgrundtief schlecht. Elend zumute, wie es ärger kaum ging. Schlechter als in den schlimmsten Momenten der letzten Jahre, in denen ihn häufig sein Gewissen geplagt hatte.

Er fragte sich, was ihn künftig mehr quälen würde: dass sich Sarah, Robins Mutter, damals seinetwegen das Leben genommen hatte, er Robin nun verloren und ihm nie gesagt hatte, *niemals mehr sagen können würde*, dass er, John, sein leiblicher Vater war, oder die Tatsache, dass sein Sohn einem Menschen das Leben genommen hatte. Wäre dies alles passiert, hätte er zu seiner Vaterschaft gestanden? Nein. Robins Mutter wäre noch da und das Leben ihres gemeinsamen Sohnes unbefleckt.

Ob Cookies Zuneigung diesen Abgrund zu füllen vermochte? Aber dessen Liebe würde ihn doch nur ständig daran erinnern, dass er seinen Sohn zum Totschläger hatte werden lassen. Am besten er packte seine Sachen und verschwand. Verpisste sich aus aller Leute Leben. Sein Magen krampfte erneut, doch der war schon leer und ausgepumpt. Er würgte dennoch und hielt sich am Waschbecken fest. Cookie. Den konnte er nicht verlassen. Auch ihn zugrunde gehen lassen? So wie Sarah? Wie nun vielleicht auch Robin? Nein! Niemals.

Sie holten ihre Sachen aus einem Apartmenthotel im San Fernando Valley, wo Sarah mit Rosie sich ein Zimmer teilte. Sarah weinte; dann weinten beide. Durch Tränen blickte Sarah zu Robin, als suche sie sein Versprechen – sollten sie es in Florida geschafft haben, würden sie sich um Rosie kümmern. Robin nickte. Sie verstanden einander. Sie war jetzt ein Teil von ihm, er eines von ihr, ein Stück, das jedem von ihnen bislang gefehlt hatte und nun ein Ganzes war. Nicht, dass er es so geplant hätte. Er lächelte. Keiner brauchte noch einen Cookie. Es wären dann schon drei.

Cookie wischte sich die Tränen ab. Jeder Tod war bedauerlich. Bei dem Lebenswandel dieses Mannes hätte sich ein gewaltsames Ende beinahe vorhersagen lassen. Ohnehin war dieses Unglück, so sinnierte Cookie weiter, eine Begebenheit auf der menschlichen Straße, auf der es in dicht gedrängter Masse eben zu derart fatalen Zusammenstößen kommen konnte. Andrerseits war John nun von der Last befreit, ständig den richtigen Moment finden zu wollen, Robin die Wahrheit zu sagen, was sicherlich alles zerstört haben würde. Irgendwann existierte eben kein richtiger Moment mehr. Er würde Johns neue Bürde mittragen helfen. Natürlich wusste er von dessen Vergangenheit, denn er hatte einen Brief gefunden, den John an Sarah hatte schicken wollen. Hätte er ihn mal abgeschickt! Ja, hätte.

Robin und Sarah. Cookie schmunzelte versonnen. Vom ersten Moment an waren die doch füreinander bestimmt gewesen. Wege, dachte Cookie nun wieder ganz der Philosoph, manchmal muss man einen verlassen, um in die Spur zu kommen, oder – wie in Robins und Sarahs Fall – einen teilen, um den eigenen Weg zu finden.

Männerfantasien

Da stehst du am Fenster und sorgst dich. Ach was, du hast Megaschiss!

Was, wenn …?

Denk nicht dran – denk positiv! Die hier haben gut reden mit all ihren Smartphones und mit einer Horde von Freunden auf Facebook im Rücken. Ich habe eigentlich nur mich.

Ist schon okay so. Im Silikon Valley zu arbeiten ist auch nicht schlechter als wie mein Kumpel Liam im Schlachthof schafft. Die Arbeit in Ordnung, die Bezahlung gut … auch wenn man dafür mit denen hier quasi in einer doppelten Welt herumgeistern muss. Kannst ja nicht gerade behaupten, dass Leute, die den lieben langen Tag auf Displays und Monitore starren, irgendwie sonst in der Realität lebten.

Verdammt, schon bald bist du derjenige, den sie haben wollen!

Was passierte, wenn diese Computerfreaks entdeckten, dass das Kabel vorn – für was immer die das auch hielten – nicht nur irgendein Kabel ist? Wenn die erst mal die passende Schnittstelle dafür suchten? Passierte nicht, kamen die nie drauf. Starben lieber aus.

Kinder schaden der Karriere. Die Putzen und Tippsen müssten sich schließlich der Genbanken bedienen, die unsere Firma gnerdy Products vorsorglich hat anlegen lassen. In dem Labor war ich gestern drin. Unten im Keller. Sicherheitsstufe 4. Solche Einrichtungen haben die hier. Planen die Zukunft. Unsere Zukunft für den Fall der Fälle, dass keiner mehr das richtige Kabel fand oder die weiblichen Pendants der Nerds unverhofft von der Erfolgsleiter auf die Plattform des schnöden realen Daseins zurückrutschten, ohne zuvor ganz oben angekommen zu sein. Eisprung sozusagen. Ha, ha, wer's glaubt!

Halbleiter, darin waren sie Experten hier im Valley, nur lief der Saft bloß in eine Richtung. Hallo? Es gibt noch eine andere Realität als jene zwischen Eins und Null!

Mmh. Das Labor war doch versiegelt? Im Notfall bestimmt verschlossen. Kein Ausweg!

Ist das jetzt Angstschweiß? Gott, ist mir plötzlich heiß!

Es waren nicht die Putzen und Tippsen, die mir Sorge bereiteten. Was, wenn es der Masse der ITlerinnen, all jenen Frauen, die es noch nicht in die Führungsetagen geschafft und ihre Weiblichkeit ganz verloren hatten, unvermittelt das Überleben der Menschheit ins Bewusstsein trieb? Denn täusche dich nicht: Im Gegensatz zu den Männern, die gleich den Roboterstaubsaugern im Eingangsbereich und in den unteren Etagen stupide die Wände anbumsten, erwacht manch Weib durch Urtrieb und Instinkt aus den digitalen Tiefen zur Realität. Eben noch die Gebärmutter fest mit der Platine verlötet, vollzieht sie die Wandlung hin zu ihrer wahren Bestimmung: Plötzlich Prinzessin und geil! Die derart Erweckten dachten bestimmt, die smarten Kollegen wären 1. Wahl. Die Begeisterung würde rasch abklingen. Klar, zunächst schmachteten die eben noch frigiden Kolleginnen nach den göttlichen Körpern derer von gnerdy, Männern, gestählt auf den Laufbändern ihrer Büros, der Body im gemeinsamen Pool gebuildet und mit ölig perligem Glanz benetzt, Blickfang in den Pausen eines Diktats und übermenschlich harter Computerarbeit.

Doch irgendwann – oh fuck!, das war mein Untergang! – dämmerte der einsamen Weiblichkeit, dass die virtuellen Schönlinge, auch deren eingefrorene Hoffnung, trogen, ja gänzlich nutzlos waren! Denn was, zum Teufel, wären menschliche Nachfahren mit dem Hirn eines Computerfreaks? Digitale Bilderrahmen? Nee, von denen war der Fortbestand des Menschen nicht zu erwarten. Irgendwann begriff das auch die letzte Frau.

Ich zitterte vor Angst. Wandte mich vom Fenster ab.

Dass dich ja keiner sieht!

Zu guter Letzt würden die verzagten Frauen nämlich die Gebäude abgrasen im Versuch, ihre Art doch noch zu retten. Das Labor unten zu. Sicherheitsstufe 4. Ich sagte doch, da kommt keiner rein. Die verzweifelten Frauen würden sich überall im Gebäude an noch so verborgenen Türen die Finger wund kratzen wie lebendig Eingeschlossene an den Fugen eines Sargs – Gott, die armen Dinger – auf der Suche nach einem Mann, *irgendeinem* Mann. Schließlich würde die zu allem entschlossene Horde der zähesten und willigsten, der durch Selektion übrig gebliebenen Frauen entdecken, dass es in diesem verdammten Komplex tatsächlich noch einen Mann gab: einen männlichen Hausmeister – mich!

Sie würden notfalls die Außenwände zur oberen Etage hochklettern, um schneller zu sein als diejenigen, die gerade noch um einen Platz im Fahrstuhl kämpften. Die Fassade hoch. Daher mein angstvoller Blick aus dem Fenster.

Na gut, ich bin hier nicht mal Hausmeister, putze nur, aber es kann einen schon in Angst und Schrecken versetzen, der hier einzig wirkliche Fortpflanzungsfähige zu sein. Ich übertreibe? Bezweifelt höchstens jemand, der nie bei gnerdy products gearbeitet hat.

Schluss mit der Panikmache, sage ich mir. Alles normal. Der Supergau ist noch nicht eingetroffen. Ich schnapp mir wieder den Staubsauger und schlurfe weiter. Kaum das

Büro vom CEO betreten, folgt auch prompt die übliche Litanei:

»Bin jetzt im Meeting. Wehe, wenn er mit dem Sauger gegen den Schreibtisch stößt. Bloß nichts am Computer anfassen, die Bilder abstauben nicht vergessen und alles haargenau an seinen Platz zurück, nicht mal in die Nähe vom Aquarium und der Golfball ist absolut tabu! Kapiert er das?«

Sagt er jedes Mal.

»Klar, Boss«, antworte ich.

»Charlie, Sie haben echte Verantwortung«, bedeutete er mit vielsagender Miene.

»Sie können sich auf mich verlassen, *Boss*«, lege ich nach. Das mit dem »Boss« kommt immer gut an.

Aber nur, weil sie dich beim Vornamen nennen, brauchen diese Yuppies nicht zu glauben, es mache sie sympathisch. Na gut, Claire ist da anders. Borinski dagegen ist und bleibt ein arroganter Stinker.

Der nickt und verschwindet.

Sein Golfball. Arschloch. Auf dem Schreibtisch liegt ein Golfball unter einer Glashaube. Borinskis Schrein. Den Golfball hat er vom Gründer unserer Firma bekommen.

»Bill ist unser aller Gott. Wo stünde die Menschheit ohne ihn?«, verkündet Borinski beständig wie's Halleluja.

Ja, wo wäre die Menschheit? Na, vielleicht nicht derart verkümmert, seitdem sie sich nur auf ihre dämliche Technik verlässt. Wo wäre der Mensch, hätte er mal seine anderen Talente ausgebildet ohne all dieses selig machende Technikgefummel? Vielleicht hätte ich dann nicht diesen blöden Job und könnte mich ganz meiner kulturellen Ader widmen! Auch mal Discovery Channel schauen oder so.

Jetzt oder nie! Ich heb die Glashaube hoch, schnapp mir den Golfball, ab zum WC, tauche den Ball tief in die Kloschüssel, richtig tief ... und wasch so die DNA von Bill, Borinskis Idol, für immer weg.

Plötzlich geht die Tür! Hatten die Frauen mich endlich erwischt? Nein, nur Borinski. Holt was und verschwindet wieder. Nicht ohne sein Übliches »Wehe, wenn er mit dem Sauger gegen den Schreibtisch stößt. Bloß nichts am Computer anfassen ... Kapiert er das?« Die kurze Variante. Schon ist er wieder weg.

Gut, das mit dem Golfball träumte ich gerade. Trau mich so was ja nicht wirklich. Doch sein neuerliches *Kapiert er das?* schien bei mir ein schlummerndes Schadprogramm geweckt zu haben. Jetzt schnapp ich mir tatsächlich den heiligen Golfball, renne zum Aquarium – das Klo ist zu weit und Borinski könnte jeden Moment zurückkommen –, tauche den Ball hinein, trockne ihn ab. Nichts weist auf meine frevlerische Tat hin, die DNA eines Heiligen den Fischen zum Fraß vorgeworfen zu haben! Ich schnaufe, leicht außer Atem, mein Blick auf den entweihten Golfball gerichtet – wieder unterm Glas. Ich stelle mir vor, wie in der Zukunft ein paar verzweifelte Mutanten (auch die kommen unten ins Labor nicht rein, Sicherheitsstufe 4!) und letzte Bewohner des Silikon Valley auf eben diesen Golfball stoßen und mittels Klonen die vermeintliche DNA jenes »Gottes« heraufbeschwören wollen, der die Lösung oder die Ursache ihres Niedergangs ist. Bill, Bill, Bill. Doch statt eines Menschen entsteht ein glupschäugiger Fisch.

»Der Fisch stinkt vom Kopf her«, bemerkt einer der Mutanten.

»Kein Wunder«, stimmt ihm ein anderer zu, »dass wir jetzt Kreaturen sind mit sieben Arschlöchern, die gleichzeitig Müll trennen, wenn unsere Vorfahren so ausgesehen haben.«

Dann vertilgen sie den Fisch, in dem auch irgendwo die DNA Borinskis und jene des Gründers von gnerdy steckt.

Ich staube die Bilder auf der Kommode ab, stelle sie »gemäß der obersten Direktive« millimetergenau an ihren Platz zurück. Eines zeigt Borinski mit stolz geschwellter Brust anlässlich einer Spendengala. Leider ist die soziale Ader dieser Typen nichts weiter als ein Bypass zu ihrem eigenen Ego, geradewegs an der Nase derjenigen vorbei, die am Tropf des Erfolgs anderer die eigene Unzulänglichkeit zu vergessen suchen. Ich bin auch so einer. Einer der sedierten Erfolglosen. Doch trotz derartig einsichtiger Anflüge war und ist Claire für mich Gott, und meine Ambrosia bleibt ein Sechserpack Budweiser. Zu meiner Ehren- und Seelenrettung muss ich anmerken, dass mich mit Claire hauptsächlich platonische Liebe verbindet. Zwangsläufig. Und doch sorge ich mich um ihr Liebesleben. Einmal entdeckte ich in ihrem Büro – gleiche Etage übrigens wie Borinski – auf dem Schreibtisch ein Buch: Herr Yu verliert das Tageslicht. Dachte, es wäre die Geschichte über 'nen Blinden. Keine Spur. Irgendein chinesischer Weisheitskram, von dem ich kein Wort verstand. *Da* musst du dir Sorgen machen. Wenn einer sowas liest, ist es um sein Liebesleben echt scheiße bestellt.

Na, was weiß einer wie ich schon von anderer Leute Liebesleben. Claire würde sogar behaupten, ich sei nur sauer auf die netten Leute hier, weil sie mich unten im Labor bereits viermal als Spender abgelehnt hätten.

»Charlie, das ist doch nur für junge Angestellte, die ihren Kinderwunsch ein wenig in die Zukunft verschieben und sich momentan ganz auf ihre Arbeit konzentrieren möchten«, meinte die Dame im Labor.

»Als ob ich mit meinen sechzig nicht mehr jung wäre«, erwiderte ich ihr. »Abraham hat … Und Karriere mache ich bestimmt auch noch.«

Die Labortante hatte lachend den Kopf geschüttelt. Nicht mal das Argument, mein Erbgut sei absolut einzigartig, konnte sie überzeugen.

»Ich stamme von der Jungfrau von New Orleans ab«, erzählte ich ihr. »Total alte Blutlinie … Frankreich …«

»Die Jungfrau von New Orleans? Sie meinen die Jungfrau von Orléans? Jeanne d'Arc?«

»Ja, äh, mein' ich doch.«

»Charlie, wie können Sie denn von einer Jungfrau abstammen?« Erneut lachte sie.

Als ob das witzig wäre.

»*Das* ist eben das Besondere und Wunderbare an meinem Erbgut! Vielleicht irgendwann die einzige Rettung unserer Firma.«

Nutzte alles nichts.

Claire – gerecht wie sie nun mal ist – wäre bestimmt der Ansicht, ich würde also über die Nerds nur so schlecht denken, weil sie mich als Spender nicht zugelassen haben. Ich denk drüber nach, Claire.

Ich wisch das Fitnessgerät ab und achte darauf, keinen Fussel zu hinterlassen. Borinski entgeht nichts. Ein Laufband im Büro. Der Mensch ist wohl das einzige Wesen, das sich ein Laufband in die Tretmühle stellt. Und wie sie den ganzen Tag herumwuseln! Wenigstens haben die Nerds ein Dasein. Einen wie mich macht erst der Tod lebendig. Erst dann merken sie, dass ich überhaupt hier gewesen bin. Bestimmt nicht mal das. Borinski motzt einfach jemand anderen an.

Doch dann geschah etwas, das mich unendlich glücklich und somit unsterblich machen sollte. Diese Momente werde ich niemals vergessen!

Es klopft an der Tür. Claire steckt den Kopf herein.

»Borinski?«

»Meeting oder so.«

Sie musste die schreckvolle Blässe des Beinahe-Ertappten, meinen gehetzten Blick zu Borinskis gläsernem Schrein und einen von mir unterdrückten lustvollen Seufzer missverstanden haben, denn sie trat ein und schaute mich besorgt an.

»Ihnen geht es nicht gut. Das sehe ich doch!«

Das mit dem Golfball kann ich ihr schlecht erzählen. So drucke ich unschlüssig herum. Soll ich einfach behaupten, Isabell sei krank? Ne, nachher mag sie Hunde nicht.

»Erzählen Sie schon!«

»Ich … ach … mein Gott.«

»Na kommen Sie schon, Charlie!«

Erzähl ihr von deinem Sohn! Den hatte ich Claire gegenüber irgendwann mal erfunden. Warum nicht reinen Tisch machen und den fiktiven Filius endgültig beseitigen!

»M-mein Sohn«, stammle ich.

Das war's, super Idee!

»Ja? Der aufs College geht? Sie sparen sich jeden Cent vom Mund ab, stimmt's? Und jetzt fehlt es hinten und vorne. Sorgen über Sorgen.«

Sie blickt mich mitfühlend an, wie ein Yuppie, der mit Luftballons das Büro schmückt und dir einen in die Hand drückt, ehe er dich entlässt.

»Keine Geldprobleme. Viel schlimmer … furchtbar«, hauche ich. »Mein Sohn ist tödlich verunglückt. In Frankreich … liegt in Paris begraben, ein paar Reihen hinter Jim Morrison … wäre ihm recht, war doch sein Idol.«

Ich versetze die Geschichte nach Europa, schön weit weg, besser noch: ein unbekanntes Grab. Okay, vielleicht gingen meiner Fantasie ein wenig die Gäule durch. Aber mein *Schluchzen*. Erste Sahne! Alter, echt oscarverdächtig! Jim Morrison und James Dean, die Helden meiner Jugend, legten sich Gegenstände auf die Bühne oder vor sich hin, damit sie besser heulen konnten. Ich brauche keine Hilfsmittel für Krokodilstränen. Meine Göttin steht direkt vor mir und mit ihr das Paradies. Und dann weine ich mir die Seele aus dem Leib.

»Du armer Mann …« Claire nimmt mich in den Arm und tröstet mich. Der schönste Augenblick meines Lebens. *Mein* Moment in diesem Dasein. *Die* zehn Sekunden. Warhol hatte recht. Wir alle kriegen diesen Moment.

Wir weinen beide.

»Ach, deshalb waren Sie letzte Woche nicht hier?«

Ich nicke stumm. Konnte ihr schlecht sagen, dass mein Fehlen daher rührte, dass ich im Suff über Isabells Leine gestolpert war. Frontal an den Baum im Hof gekracht, Kopf voran, als hätte ich das in die Rinde geritzte Herz ins Visier genommen, in dem C+C stand, schon ein wenig verwittert, weil der dämliche Hund immer genau auf dieser Seite an den Baum strullte.

Claire hatte noch Tränen in den Augen, als sie Borinskis Büro verließ. Auch mir versiegten sie nur zögerlich, Freudentränen. Einmal in Claires Armen gelegen! Selten verging ein Nachmittag schneller und beglückender. Als ich nach getaner Arbeit euphorisch dem Ausgang zustrebe, begegne ich Borinski in der Lobby, in Gesellschaft einer Gruppe älterer Herren. Unter ihnen Bill, der Gründer von GP.

Tut mir leid, das mit dem Golfball! möchte ich Borinski zurufen. Stattdessen winke ich. Borinski lächelt verblüfft. Er hat doch gelächelt?

Wie konnte ich Borinski nur derart verkennen. Mann, *Charlie*, er nennt dich immer beim Vornamen. Er meint's doch nur gut.

Vielleicht ist das mit dem Golfball und der DNA vom Oberboss, die an dem kleinen Ball klebt, doch wichtig. *Ich besorg dir 'nen neuen, Borinski.* Luchse ihn vom Oberboss für dich ab. Vielleicht sollte ich auch mit Golf anfangen?

»Man braucht ein gutes Handicap, um mit dem Chef mithalten zu können«, erwähnte Borinski einmal und reckte stolz die Brust.

Angeber. Ich habe bestimmt ein besseres Handicap. Kenne ja nicht mal die Regeln.

Draußen blinzle ich in den Sonnenschein. Die Sonne lacht über dem Silikon Valley – ab heute auch für mich.

Sobald ich nach Hause komme, zieh ich mir mein Supermann-T-Shirt an, setz meine A's-Baseballkappe auf, schmeiß das Fertiggericht in n' Ofen und den Fernseher an, hol mir ein eiskaltes Budweiser aus 'm Kühlschrank und rück das mit *Claire* bestickte Kissen neben mir auf der Couch zurecht. *So lebt man!* Proste meinen Mädels Claire und Isabell zu, nehme einen kräftigen Schluck Bier und denke so, wie mein Buddy Liam und die jetzt im Bayrischen Pub droben auf der 47. Street aus vollem Hals krakeelen und es sich im Leben nicht anders verhält: Aufi gehts, Buam, ozapft is!

Stadt der verlorenen Seelen

1

Einige Katastrophen mögen dazu beigetragen haben, weshalb Clearwater sich eifrig, doch vergeblich mühte, die Marke von 10 000 Einwohnern dauerhaft zu überschreiten. Der Jahrhunderttornado im Jahre 1904, der die Stadt fast dem Erdboden gleichmachte, und ähnliche mit bis zu 500 km/h wütende Naturkatastrophen, wie man sie hier im Süden turnusmäßig und gottergeben über sich hinwegziehen lässt, waren nur bedingt schuld an Clearwaters erfolglosem Streben, Großstadt zu werden. Für das Scheitern derartiger Ambitionen war vielmehr menschliches Zutun maßgeblich, denn als man dereinst die neue Eisenbahnlinie lieber über Oklahoma City führte, verlor Clearwater seine Schlachthöfe und weiter an Bedeutung. Wo man um die Wende ins 20. Jahrhundert noch nach Gold schürfte und dann auf Erdöl stieß, versiegten die Adern ganz und die Quellen nach und nach. Oder aber die hiesigen Ölbrunnen, sie wurden mit Gründung der OPEC und dem damit verbundenen Fall des Ölpreises zu unrentabel, um hier das schwarze Gold weiter zu fördern. Natürlich gab es zwischenzeitlich den inneramerikanischen Ölboom. Anfang der Siebzigerjahre verdreifachte sich die Bevölkerungszahl Clearwaters noch einmal, nur um letztlich wieder auf die derzeit 9804 Einwohner zu schrumpfen. Eine mehr oder weniger vergleichbare Einwohnerzahl rekrutierte sich allerdings schon immer aus den hartgesottensten Ortsansässigen. Schlussendlich dürften diese Unverzagten sich für ihr Clearwater stillschweigend geeinigt haben, einer jener trostlosen Orte in der Weite Oklahomas zu bleiben, kaum zu unterscheiden von all den wie Inseln im Stillen Ozean verstreuten Kleinstädten tief im Süden der USA.

Okay, das Football Team! Die Clearwater Broncos. Drei Mal High School State Champions! Doch lässt man die gottverdammten Freitagsspiele einmal außen vor, wenn Groß und Klein sich alle zum Robert J. Buckland Field am Veterans Memorial Stadium aufmachten, dann gab es – außer diesem saisonalen Straßenfeger – »für keinen von uns auch nur einen einzigen verschissenen Grund, überhaupt hier zu leben«. Das jedenfalls meinte Grandpa einmal zu meinem Dad, als er dachte, ich hörte gerade nicht zu. Für mich ist diese Stadt trotzdem etwas absolut unheimlich Besonderes. Hier nämlich geschah, was meine Welt für immer verändern sollte.

So gern ich anfangs in die Schule ging, so sehr freute ich mich diesmal auf die Ferien. Ferien! Was zählte da noch der öde Kirchgang heute, wenn es am Montag, also schon morgen, in aller Herrgottsfrüh zum Angeln ging. Wahnsinn! Der ganze herrliche Sommer lag vor mir.

Ich stieg auf mein Fahrrad und radelte los, Mom abzuholen und sie in die Kirche zu begleiten. Meine Mutter arbeitet als Kellnerin in Nelly's Diner unweit der Interstate 40. Von unserem Haus, South East 7th Street, brauche ich kaum mehr als eine halbe Stunde dorthin.

Meine Haare flatterten im Wind wie der Wimpel am Gepäckträger. Auch so eine Geschichte. Besser war's, du bandest dir einen Wimpel der Clearwater Broncos ans Fahrrad! Früher hatte ich darauf verzichtet, weil ich Football nicht mochte. Lieber schmückte ich mein Rad mit dem selbst gemachten Wimpel meiner ersten großen Liebe – Lisa –; leider zog sie weg, keine zwei Jahre, nachdem wir eingeschult worden waren. Der Wimpel ein tolles Oklahoma-Fähnchen mit dem großen Stern und 45 kleineren drum herum. Oklahoma, der 46. Staat, der der Union 1907 beitrat – fast 150 Jahre nach dem Bürgerkrieg. Hier im Süden geht eben alles ein wenig beschaulicher zu, besonders, wenn es mit den verdammten Yankees und der gottverdammten Regierung zu tun hat. Dass beide verdammt sind, lernst du hier von Kindesbeinen an, und auch sehr schnell, dass, sobald dein Fahrrad ein Clearwater Bronco-Wimpel ziert, du dir weniger Dellen und Kratzer einhandelst. Unsere Clearwater Broncos. Hat was mit Respekt zu tun.

Ich bog ein in die East J. T. Buckland Avenue und radelte bis zur Kreuzung North Main Street und schnurgerade weiter nach Norden zum Ortsausgang. Man sieht schon: zwei größere Hauptstraßen, die den Ort von West nach Ost und vom Süden in den Norden durchzogen. Nicht gerade umwerfend. Und auch keine glitzernden Glasfassaden und hohen Gebäude wie drüben in unserer Nachbarstadt Sunville. Aber die Leute dort mochte hier in Clearwater ohnehin keiner.

Ich umkurvte ein gemein aussehendes Schlagloch, passierte das Metropolis, unser Kino, das so altbacken und verstaubt aussieht, als gehöre es zu den beiden Backsteingebäuden auf der Buckland Avenue, den fast einzigen Gebäuden, die dem Tornado von 1904 widerstanden hatten. Neben dem Open-Air-Kino beim Trailer Park jenseits der Interstate gab es für Jugendliche nur noch einen weiteren Treffpunkt: das Sam's Burger Inn mit seinem *All you can eat* Dienstagabend für jedermann und Samstag das Gleiche umsonst für die Mitglieder des siegreichen Football Teams. Alles für das Team umsonst – solange es gewann. Von der guten alten Zeit, zu der laut Grandpa in Clearwater richtig etwas los war, zeugt nur noch das alljährliche Rodeo, das an die großen Viehmärkte und den Schlachthofbezirk Clearwaters zu erinnern sucht.

Arm, trübselig, heruntergekommen, meint Grandpa über Clearwater und klagt das jedem, der es hören oder auch nicht hören will. Diejenigen, aus denen etwas geworden ist, die Reichen und Superreichen, wohnen jedenfalls drüben in Sunville. Vielleicht, weil die nur von Öl und Big Business lebten, während es in unserer kleinen Stadt auch ein Stahlwerk und drum herum ein paar Farmen gab. Ein Staatsgefängnis haben wir auch. Dort arbeitet mein Vater als Aufseher, am heutigen Sonntag die Morgenschicht. Ich finde Clearwater übrigens nicht so schlecht. Mom und Dad leben hier, und im Gegensatz zu Sunville kann man hier gut angeln gehen, und wir haben Bobby Joe! Doch dazu später.

Nelly's Truckers Heaven liegt direkt an der Interstate. Selbst jetzt, am Sonntag, parkten hier Autos. Die Trucker machten normalerweise erst zur Mittagszeit Pause. Als ich mich dem riesigen Parkplatz näherte, konnte ich an der Tankstelle vorbei jenseits der Interstate den Trailer Park ausmachen, dahinter die großen Getreidesilos. Die Gegend wechselt hier sehr: Hügel und kleine Berge, dann wieder flaches Land mit Getreidefeldern, weit auseinandergezogene Ölfelder und schließlich schier endlose Strecken mit nichts als Staub und Sand. Auf manchen Abschnitten der Interstate in dieser Gegend kommt man sich derart verloren vor, als führe man 4000 Meilen entlang der Chinesischen Mauer, ohne auch nur einer Menschenseele zu begegnen; nee, die haben sich alle davongemacht, falls sich irgendwer überhaupt vorstellen kann, dass hier jemals einer gelebt hat. Wind, Sand, Hitze, Sand, Hitze, Wind. Nur einige alleweil am Straßenrand aufgestellte Schilder wie

If you don't believe in God, you will die in your sins

deuteten darauf hin, dass hier irgendwann mal ein menschliches Wesen freiwillig sein Gefährt verlassen haben musste.

Sand, Hitze, Wind. Jede andere Einöde war verheißungsvoller. Kein Wunder, dass sich die Leute in der Gegend so vor dem Teufel fürchteten. Gott würde niemals hierher gefunden haben. Ein Wunder und wie eine Oase, dass Nelly's Truckers Heaven ein gut besuchtes Restaurant an diesem Highway-Abschnitt ins Nichts war.

Als ich das Diner betrat, servierte Mom gerade einen Tisch ab, an dem Sheriff Clayton und ein fetter glatzköpfiger Mann sich gerade ein Wortgefecht lieferten.

»Hallo Schatz, bin gleich fertig«, begrüßte Mom mich im Vorübergehen und bedeutete mir, auf einem der Hocker vor der Theke Platz zu nehmen. Dieselbe umrundete sie und verschwand mit Tablett und Geschirr durch die Pendeltür in die Küche.

Das Diner war in drei Sitzgruppen aufgeteilt. Tische mit limettengrünen Vinyl-Bänken am Fenster, desgleichen im Mittelgang und gleichfarbig gepolsterte Drehhocker längsseits der lang gezogenen Theke, an der ich nun saß.

Auf der Theke, direkt vor meiner Nase, lachten mir unter der gläsernen Haube einer Bonbonniere ein paar Chocolate Fudge Brownies entgegen, doch deren freudige Verheißung war vergeblich, denn Mom würde mir vorm Sonntagsessen bestimmt keinen davon erlauben.

Mein Blick schweifte über die Tafeln mit den Angeboten der Tages- und Wochengerichte und blieb schließlich auf der Uhr am Ende der Theke haften. Mist! Schon 10:40 Uhr! Für die Kirche noch massig Zeit, aber der *Chief* kam manchmal früher ins Diner, und unter keinen Umständen wollte ich dem begegnen.

Nur ungern gebe ich es zu: Vor Indianern hatte ich eine Heidenangst. Offiziell mögen wir sie alle hier, schließlich gehören sie zu Oklahoma wie das Osage-Krieger-Schild in der Staatsflagge, der Büffel oder Erdbeeren. Ja, Native Indians gibt es hier sogar mehr als Schwarze. In meiner Schulklasse waren ein paar nette Jungs indianischer Herkunft. Gott – das waren Kinder! *Keine ausgewachsenen Krieger.* Grandpas Geschichten über jene Zeit, als wir Weiße uns mit den Rothäuten im Krieg befanden – auch wenn das eine Ewigkeit her sein mochte –, jagten mir noch immer Angst ein. Und der *Chief* war Indianer und in Gestalt ein Riese.

Als hätten meine Gedanken es herbeigeführt, bemerkte ich durch eins der Frontfenster, wie jemand sich dem Diner näherte.

»Zeit, dass du der verfluchten Rothaut mal zeigst, welchen Platz sie hier hat«, rief der glatzköpfige Dicke dem Sheriff jetzt lauthals zu.

Der zuckt hilflos mit den Schultern »Walt, das Land und der Bach gehören ihm. Wenn du dich mit ihm nicht einigen kannst ...«

»Verdammt, ich werde diese Rotha...«, krächzte der Dicke. Im selben Moment schwang die Tür zum Diner auf und ein riesiger Kerl trat ein.

»Muss weiter, Sheriff«, entschuldigte sich der Dicke hastig, stahl sich mit einem gemurmelten »Hallo Chief« an dem Hünen vorbei und verschwand nach draußen.

Da stand er nun, der Riese. Jeans, Lederstiefel und ein breitkrempiger Hut, unter dem ein Schädel hervorlugte, der die Sonnenbrille lächerlich klein aussehen ließ. Unter einem schwarzen T-Shirt mit orangefarbenem Stierkopfschädel spannte sich ein mächtiger Brustkorb. Und Arme wie King Kong.

Bestimmt glauben alle, auf einen zehnjährigen Jungen wirke jeder Erwachsene imposant. Sheriff Bill Clayton, einst Defensive-Tackle unseres High School Football Teams *mit* State-Championship-Ring am Finger, und selbst auch nicht gerade klein, wirkte gegen den Chief wie eines von Tante Selmas Kätzchen.

»Na, Bill, habt ihr das Fell des Roten Mannes verteilt? Wollte Walt wieder was kostenlos von seinem Nachbarn erben? Früher konntest du ganz Manhattan für ein paar Glasperlen kaufen.«

Die ruhige melodiöse Stimme des Chiefs überraschte.

Leichte Röte überzog Sheriff Claytons Gesicht.

»Hallo Chief. Du weißt, ich denke nicht so ...«

»Weiß ich doch, *Buddy*! Außerdem sollen es immerhin 60 Gulden gewesen sein!«

Der Chief lachte und streckte seinem ehemaligen Mannschaftskameraden die Faust hin, und sie boxten sich ab. Kameraden für immer, wenn du zusammen eine State Championship gewonnen hast, meinte Grandpa. Er muss es wissen, denn er gehört dem erlauchten Kreis einer jener Mannschaften an, die dieses Wunder für Clearwater vollbracht hatten.

»Freitag ist Spieltag!«, bemerkte der Sheriff und rieb sich die Hände.

Der Chief lächelte. Wenn die Clearwater Broncos spielten, waren alle im wahrsten Sinne des Wortes aus dem Häuschen. Und dann auch noch der Season-Opener, das Saisoneröffnungsspiel *gegen Sunville*!

»Du kommst doch?«, hakte der Sheriff nach.

»Muss ja nicht immer alles mitmachen, oder?« Der Chief lachte herausfordernd. Auf dem Polster des benachbarten Hockers zog sich seine Hand zusammen, geduldig abwartend und doch sprungbereit wie eine riesige Spinne auf Beutefang.

»Ja aber das ist *Football*!« Clayton drehte an seinem Championship-Ring. »*Ich* denke jeden Tag an das verdammte Spiel. Als ob es nichts anderes gegeben hätte – und gibt. Gott, wie vermisse ich diese Zeit! Wenn ich doch nur einmal wieder aufs Feld dürfte, noch *einmal* das Gefühl …« Sein Blick verlor sich in der Erinnerung.

Der Chief klopfte ihm auf die Schulter.

»So ganz kommst du vom Football anscheinend auch nicht los«, murmelte der Sheriff und deute auf das T-Shirt seines Kumpels.

Der Chief grinste hintergründig.

Zu meinem Leidwesen setzte er sich ungeniert neben mich auf einen der Hocker an der Theke. Er wusste wohl nichts von meiner Furcht vor Indianern.

Ich starrte auf den mächtigen Brustkorb und das Logo des Texas University Football Teams, ein Stierschädel, der mit jedem Atemzug des Champions neu zum Leben zu erwachen schien. Der Chief war ein Champion. Als Einziger unserer Stadt hatte er auch mit den Longhorns der UT die nationale Collegemeisterschaft gewonnen. Er und Bobby Joe. Nur hatte Bobby Joe später bei den Profis gespielt und es bis zum Super Bowl, ins Finale, geschafft.

Als hätte Sheriff Clayton meine Gedanken erraten, sagte er: »Komm schon, Bobby Joe kommt bestimmt auch.«

Klang fast ein wenig bettelnd. So wie er neben dem Chief und nahe bei mir stand, bemerkte ich erst, wie bullig und muskulös auch er war.

Bei der Erwähnung von Bobby Joe schien sich ein Schatten über das Gesicht des Chiefs zu legen. Oder lag es nur daran, dass sich der Sheriff näher zu ihm hin gebeugt hatte?

Mom kam aus der Küche, im Aufbruch begriffen.

»So früh, Chief?«, erkundigte sie sich. »Kaffee und Lemon-Pie wie immer? Hol' ich Ihnen noch schnell.«

Der Chief nahm seinen Hut ab und lächelte. »Ja, Mam. Sehr nett von Ihnen.«

Jede Woche das gleiche Ritual. Für den Chief war der sonntägliche Lemon-Pie wohl sein Gang zur Kirche. Beneidenswert. Sobald ich erwachsen wäre, wollte auch ich entscheiden, ob ich in die Kirche gehe oder stattdessen lieber Kuchen esse!

Der Chief wohnte noch weiter als bis zu jener Wegkreuzung, an der ich vor dem Hügel mit der Villa von Bobby Joe abbiege, wenn ich zum Fischen an den Catfish Creek radle. Viel, viel weiter: Für mich wohnte der Chief am Ende der Welt. Ihm gehörte eine Wassermelonenfarm.

Mom stellte ihm ein großes Stück Lemon-Pie mit schwungvoll verziertem Baiser obendrauf hin. Schön angebräunt, wie ich es so gern mag.

Der Chief schmunzelte. Ihm war mein verlangender Blick nicht entgangen.

»Jetzt nicht, Junge. Du bekommst zu Hause noch genug Kuchen«, ermahnte Mom mich und blickte den Chief entschuldigend an.

Der musterte mich. Ich versuchte seinen Blick zu erwidern. Grandpa meint, man solle immer mutig sein und sich nicht gleich wie ein laues Lüftchen verdünnisieren und zum Opfer machen lassen.

»Du bist doch der Sohn von Mr. Sattler?«

»Und der von meiner Mom«, entgegnete ich trotzig.

»Oh«, brummte der Chief. Er verbeugte sich höflich vor Mom; die errötete. Mom errötet oft, obwohl sie so verdammt hübsch ist.

Im Unterricht ermahnt uns Mrs. Green, Jungs sollten Mädchen besonders respektieren. Bestimmt sagt sie das, weil sie eine Frau ist. Soll das einer verstehen? Rücksichtsvoller sein *zu Mädchen*? Bei Lisa konntest du froh sein, wenn sie dir erlaubte, ihre Schultasche zu tragen. Und, Mann!, ihre Schulnoten sollte ich mal kriegen. Mädchen waren nun mal klüger. Änderte sich vielleicht, sobald man erst mal erwachsen war; und mit den Frauen würde es dann auch unkomplizierter.

»War ein guter Footballspieler, dein Dad. Schade, dass sein Team so miserabel war. Dein Pa hatte das Zeug zum State-Champion.«

Sheriff Clayton nickte zustimmend.

Meine Brust erfüllte sich mit Stolz. Und plötzlich war meine Angst vor dem Chief wie weggeblasen. So groß er auch war, schien er doch ein netter Mensch zu sein. Indianer sind heutzutage bestimmt anders als in Grandpas Erzählungen.

Eigentlich hätte ich der glücklichste Mensch der Welt sein müssen. Kein Schatten zwischen mir und der Verheißung des Sommers, als Mom und ich in die grelle Sonne nach draußen traten und sie mein Fahrrad auf die Ladefläche des Pick-ups wuchtete.

2

Die First Methodist Church ist eines jener drei Gebäude, die noch aus der Zeit vor dem großen Tornado stammen. Grandpa behauptete, dies läge weniger an Gottes schützender Hand, wie seit jener Katastrophe ein jeder Reverend verkündete, sondern am Umstand, dass auch dieses Gebäude mit solidem Backstein erbaut worden war.

Die Kirche befindet sich auf einer kleinen Erhebung. Rötliche Backsteinmauern, dagegen Dächer, Giebel und

Maßwerk in Weiß gehalten wie auch in Teilen der Turm, dessen leuchtendweiße Spitze man von fast jedem Punkt der Stadt aus sehen konnte.

Ich brauchte nicht oft in die Kirche zu gehen und hatte mich auch gern um die Sonntagsschule gedrückt. Heute vertrat ich meinen Vater, der arbeiten musste. Aufgrund der Begegnung mit dem Chief waren Mom und ich gerade noch so in der Zeit, denn kaum hatten wir uns auf den angestammten Plätzen in der zweiten Reihe niedergelassen, als Mrs. Green, in ihrer Eigenschaft als Gemeindesprecherin, auch schon die Versammlung adressierte:

»Heute dürfen wir ein neues Mitglied in unserer Gemeinde begrüßen. Mr. *Sowieso* ist von *Sowieso* zu uns nach Clearwater gezogen.«

Ich bekam nicht ganz mit, was Mrs. Green sagte, denn im selben Moment drehte sich mein bester Freund Fred nach mir um, und wir ließen uns ein kumpanenhaftes Grinsen zukommen.

Mrs. Green hob die Stimme: »Wir danken zudem Mr. Robert Buckland für seine großzügige Spende, die uns eine neue Bestuhlung für den Versammlungsraum im Gemeindehaus bescherte.«

»Amen. Thank the Lord!«, rief Mrs. Seabuckle in der Reihe neben Mom ziemlich unpassend. Schließlich war Mr. Buckland nicht der Lord. Keinen störte es. Jeder wusste, wie verschroben die alte Dame war.

Und da entdeckte ich es zum ersten Mal!

Reverend Sullivan drehte sich um– vielleicht wollte er sehen, zu wem sich sein Sohn Fred umschaute –, und unsere Blicke begegneten sich. Im gleichen Augenblick, als Mrs. Green Mr. Buckland, unseren Bobby Joe, erwähnte und für die neue Bestuhlung dankte, wurden des Reverends Augen schwarz wie der Teufel und starrten mich an, als wollten sie mich direkt in die Hölle geleiten. Sie flackerten und Leben kehrte in sie zurück. Der Reverend drehte sich wieder um. *Tote Augen*? *Hölle*? Quatsch nicht! Nur ein Schatten, zufällig über sein Gesicht gefallen, mehr nicht. *Gott!, in der Kirche konnte es ganz schön gruselig sein.*

Noch ahnte ich nicht, was binnen Kurzem passieren sollte. Später nahm ich an, dass dies jener unsägliche Moment gewesen sein musste, da der Reverend sich mit dem tödlichen Virus infizierte, der sich in Minutenschnelle ausbreiten und ihn dann gänzlich beherrschen sollte.

Jetzt wunderte ich mich nur kurz über den einem Toten ähnlichen Blick. Quatsch, wundern! – Nein, das bildete ich mir ein! *Nur ein blöder Schatten, sonst nichts*, beruhigte ich mich. Wie sollte ich auch wissen, in welcher Gefahr wir alle schwebten.

Von all den Dingen, die den Kirchgang so entsetzlich langweilig machten – was hätte ich nicht alles in dieser Zeit mit Fred spielen können! –, fand ich das Singen am erträglichsten. Vielleicht, weil Mom so eine schöne Stimme besaß. Andererseits störte Mrs. Seabuckle, die für gewöhnlich dermaßen falsch sang, dass man ihr schon fast Absicht unterstellen konnte. Auch bei den zwischenzeitlichen *Oh thank you Lord* krächzte Mrs. Seabuckle am lautesten, obwohl von uns allen sie dem Herrn am wenigsten zu verdanken hatte. Die Frau pflegte ihren schwer kranken Sohn, von dem es seit Jahren hieß, er würde ganz sicher *diese* Woche sterben; davor hatte sie jahrzehntelang ihren schwindsüchtigen Mann betreut, der sie nach seinem seligen Ableben mit einer großen Hypothek zurückließ.

Die Gemeinde stimmte das übliche Eingangslied an: *Onward, Christian Soldiers,*

Marching as to war,
With the cross of Jesus,
Going on before!

Mom sang wie ein Engel. Ich werde nie begreifen, wie jemand das *Je* in ›Jesus‹ so hoch und rein anzustimmen vermag. Natürlich durchschnitt ein falscher Ton den paradiesischen Choral – Mrs. Seabuckle. Ich hätte sie erwürgen können!

Like a mighty army
moves the church of God!

Meine Unheil ankündigende Einbildung bezüglich des Reverends und die mordlustigen Gedanken Mrs. Seabuckle gegenüber passten durchaus zum Liedtext, der mich an Grandpas Erzählungen über den Koreakrieg und natürlich an die alten Indianergeschichten erinnerte. Schlimmer. Als die Gemeinde schließlich verstummte und der Reverend aufstand, sich auf die Kanzel begab und zu predigen begann, wurde es nicht friedfertiger in meiner Seele: Kain hatte Abel erschlagen.

Mord! Wenigstens versprach das Ganze spannend zu werden.

»Es gibt Ungerechtigkeit in dieser Welt, mit der wir klarkommen müssen. Manche Nachbarn besitzen mehr als wir und sind angesehener, obgleich sie weniger arbeiten.«

Klar, Kain war sauer, weil Gott sein Opfer ignoriert hatte. Dabei mochte er als Ackerbauer bestimmt härter gearbeitet haben als so ein Viehzüchter wie Abel.

Reverend Sullivan lächelte, als er nun verkündete: »Doch stets tut sich eine Gelegenheit auf, bei der man diesen Bevorzugten gegenüber die eigene wahre Größe aufzuzeigen vermag. Dann nützen ihnen – wie denen dort in der Stadt der Sünde – nicht großkotzige Wolkenkratzer, die wie Türme zu Babel in den Himmel wachsen, noch ihre arroganten Schulen und elitären Universitäten, in denen die Menschen und ihre Seelen sich verirren. Im Gegensatz dazu gibt es Städte, in denen die Bewohner Gott zum Wohlgefallen leben und in christlicher Nächstenliebe zusammenhalten.« Er schmunzelte und beäugte uns auffordernd. »Manchmal ist freitags der Tag, an dem wir das Licht des Herrn wieder in die Welt zu bringen vermögen.«

Beifälliges Gemurmel begleitete seine Worte. Selbst ich begriff, dass er mit »Stadt der Sünde« unsere reiche Nachbarstadt Sunville meinte und die Stunde der Wahrheit gekommen wäre, wenn wir sie im Football kommenden Freitag so richtig verdroschen hätten.

»Und wäre Abel kein Windhauch gewesen«, fuhr der Reverend fort, »wie die Heilige Schrift eigens durch die Namensgebung Abels auf dessen Makel hinweist«, er hob Hände und Stimme, »er wäre aufgestanden, hätte sich erhoben, hätte sich gewehrt und – er wäre nicht erschlagen worden!«

Routiniert und redegewandt zog der Reverend die Gemeinde in seinen Bann. Da! Flog nicht wieder ein Schatten über sein Gesicht? Nein, das waren definitiv die Augen. Ich nahm mir vor, sie genau zu beobachten.

Ich bemerkte, wie Fred den Kopf schüttelte. Ich wusste, er hörte der Predigt seines Vaters nicht zu. Kannte sie in- und auswendig. Ganz vertieft starrte er in seine gefalteten Hände. Nur ich wusste, was er da gerade tat. Fred hatte die fromme Handhaltung so perfektioniert, dass er sich während der Predigt zwischen seinen Handflächen einem seiner Kugellabyrinth-Spiele widmen konnte. Sein Kopfschütteln? Wahrscheinlich war ihm eine Kugel aus einem der Löcher gerutscht.

Mist! Erneut hatte ich den Reverend aus den Augen verloren. Ich zwang mich konzentrierter zuzuhören. Der Reverend führte aus:

»Der Mensch stellt sich Gottes Führung anheim. Das ist seine Wanderschaft! Innere Wanderschaft.« Seine Augen strahlten. »Anfällig dem Bösen, verliert er Gottes Stimme und schließlich seinen Weg. Für uns sei daher allein die Bibel Richtschnur.« Seine Augen flackerten. »Gottes Weisheit.« Seine Augen strahlten. »Gottes Wort.« Sie flackerten.

Der Reverend deutete auf die Bibel vor ihm. »Wort für Wort seine Wahrheit.« Die Augen schienen wie erloschen.

»Wir dürfen uns nicht wie Abel, wie ein Windhauch, verhalten. Wir sollen aufstehen, einstehen für uns, für die Familie, für Clearwater, die amerikanische Flagge, Nation und Freiheit. Nur wer kämpft, wird obsiegen!«

Der Reverend hatte sich in Rage geredet. »Und aus Gottes Fluch über Kain bildete sich das Kainsmal, und verdammt waren die Andersartigen und wandeln bis heute auf der Seite des Bösen in Dunkelheit!«

Die Schwarzen, die Juden, die Indianer, die Latinos, all diese Verfluchten, die *andersartig* waren. Jeder wusste, worauf er hinauswollte.

Diese Augen. Fast schwarz. Totenschwarz. Das wird schon wieder, beruhigte ich mich. Der Herrgott lässt bestimmt niemanden sterben, während er sein Wort predigt. Oder gerade deshalb?

Der Reverend rief: »Daraufhin machte der Herr dem Kain ein Zeichen!« Triumphierend hob er die Faust und schüttelte sie, indes er sich in der gebannt lauschenden Gemeinde umschaute. Gesicht für Gesicht uns musterte und dann ausrief: »Ich aber sehe hier keinen in meiner Gemeinde, der so gezeichnet ist!«

Schweiß tropfte von seiner Stirn. Wir waren das Licht. Wir waren die Auserwählten. Obwohl er es nicht direkt aussprach, da der allmächtige Bobby Joe öffentlich gedroht hatte, er würde für die Entlassung des Reverends sorgen, falls der weiter rassistische Vorurteile predigen sollte. Keiner murrte. Selbst Mom schien es »überhört« zu haben. Und ausgerechnet sie hatte mir erst kürzlich erzählt – ihrem Sohn gebeichtet, so sehr wollte sie sich versichern, dieser würde ihre blindgläubigen Fehler nicht wiederholen! –, wie sie damit aufgewachsen war und bis vor Jahren noch felsenfest geglaubt hatte, alle mit anderer Hautfarbe seien mit dem Kainsmal verflucht und minderwertig. Gottgewollt.

Obgleich noch ein kleiner Junge, schien mir doch offensichtlich, dass ein Mensch eben ein Mensch ist und der einzige Unterschied wohl der war, dass man sich vor Indianern eben mehr zu fürchten hatte, sofern sie hinter deinem Skalp her waren.

Die Gemeinde – so jedenfalls in meiner Erinnerung heute – nickte zu dem Sermon monoton wie die Pferdeköpfe der Ölpumpen, mechanische Lebenszeichen in trostloser Einöde. Derart zelebrierten sie ihre Vorurteile, erneuerten Schwüre und versicherten sich im Angesicht des blonden Jesu, dass ein wahrer Amerikaner nur ein Amerikaner von weißer Hautfarbe ist und *daher* nicht das Kainsmal trägt.

Und nun waren die Augen des Reverends so schwarz, wie die eines noch so verfluchten Niggers kaum schwärzer sein konnten. Gänzlich leblose, tote Augen. Nicht ein Hauch Leben darin. Entsetzt starrte ich den Reverend an. Jeden Augenblick musste er tot von der Kanzel fallen. Ich wollte schreien, war wie gelähmt. Ein Hilfe suchender Blick zu Mom, die mich nicht wahrnahm, ein Blick zu

Fred. Nichts. Niemand außer mir schien bemerkt zu haben, dass das Lebenslicht des Reverends gerade erlosch. Im Gegenteil. Ich sah, wie Fred freudig die Faust ballte, wohl, weil er gerade alle Kugeln im Zielloch untergebracht hatte. Und derart beschwingt wie er, wenngleich aus gänzlich anderem Grund, erschienen mir alle anderen Gemeindemitglieder auch.

Ich wollte aufstehen, etwas sagen, und gerade als ich den Mut gefunden hatte und mich räusperte, ging mein Aufbegehren im Gesang der Gemeinde unter. Sie sangen:

Swing low, sweet chariot
Coming for to carry me home,
Swing low, sweet chariot,
Coming for to carry me home.

Moms Stimme erhob sich über alle und alles und ließ mich vergessen. Die Augen Reverend Sullivans schienen plötzlich wieder normal. Mir hätte ohnehin keiner geglaubt. Nicht einmal ich vermochte zu glauben, was ich gesehen und mir doch nur eingebildet hatte. Als wir die Kirche verließen und in unsren Pick-up stiegen, dachte ich schon nicht mehr an das seltsame Geschehen. Was scheren einen zehnjährigen Jungen auch die kleinen und großen Katastrophen – die sich anscheinend doch immer wieder einrenken – besonders wenn ihn Ma's bestes Sonntagsessen erwartet, hausgemachte Limonade und Chocolate Meringue Pie zum Nachtisch. Mom ist die beste Köchin der Welt.

3

Schlag 14 Uhr stand wie üblich das Essen auf dem Tisch. Grandpa und Grandma waren zu Besuch. Es gab Barbecue Hähnchen mit Chicken und Corn Pudding, ein Auflauf, den nur Mom so zart goldbraun hinbekam. Dazu ihre Pfeffer-Butter-Soße, für die sie ganz Clearwater beneidete. Zum Nachtisch – ich könnte es zehnmal erwähnen! – Chocolate-Meringue-Pie.

»Warum machst du nicht ein Restaurant auf, eines wie das Schlemmerlokal in New York, in dem wir mal waren?«, fragte Dad genüsslich kauend.

Mom errötete.

Meine Eltern waren über die Flitterwochen in New York gewesen. Ich glaube, die weiteste und glücklichste ihrer Reisen überhaupt. Ich habe nie verstanden, warum Ma nicht ihr eigenes Restaurant aufmachte. Vielleicht wollte sie aus Freundschaft zu Nelly ihr keine Konkurrenz machen. Nein, Clearwater war einfach zu klein und konservativ für die feine Küche, wie Ma sie wohl im Sinn gehabt hätte.

»Und es gibt wirklich keine Limonade?«, erkundigte ich mich bereits zum x-ten Mal. Beim Herumnörgeln war ich manchmal beinahe so gut wie Grandpa. Vererbung halt.

»Was hast du nur gegen Kool-aid? Hab ich als Kind auch getrunken. *Alle* Kinder trinken es«, meinte Dad.

In seinen Augen flackerte es. Für einen Moment sah es so aus, als passierte ihm das Gleiche wie dem Reverend. Ersterbendes, totes Augenlicht. – Nee, dachte ich fröhlich, Vaters Augen sehen ganz normal aus.

Ein Sonntagsessen in einer Kleinstadt im Süden ist kaum anders als ein Stammtischessen in einer Großstadt andernorts. Natürlich wird über die Regierung hergezogen.

Das oberste Gesetz: Lass dir niemals von anderen etwas sagen – von denen da oben schon gar nicht –, und somit gehörte natürlich dazu, dass man nichts vom Staat annahm, wollte man unabhängig bleiben. Und von denen da oben sollte keiner abhängig sein.

Als schließlich Kaffee und Kuchen serviert wurden, richtete sich die Diskussion auf Mr. Buckland jr. Du konntest die Uhr danach stellen, kaum hatte Mom den Pie angeschnitten, war Bobby Joe, der strahlende Stern Clearwaters, das Hauptthema. Nur so viel zu ihm:

Bobby Joe ist der Sohn des verstorbenen James Theodore Buckland, dessen Familie zu den Gründern Clearwaters im Jahre 1889 gehörte. Die Bucklands waren die energischsten und langlebigsten unter diesen Familien und avancierten schließlich zur bestimmenden Macht Clearwaters. Kein Wunder, dass eine unserer Hauptstraßen nach Bobby Joes Vater benannt war. Der Sohn jedoch wurde für uns zum Stern der Sterne, weil er den Namen Clearwaters in ganz Amerika bekannt machte. Er gewann nicht nur Meisterschaften mit seinen Highschool- und College-Teams, sogar in den Super Bowl führte er sein NFL-Team, eine grottenschlechte Truppe, die es allein Bobby Joe zu verdanken hatte, dass sie überhaupt das Endspiel um die nationale Meisterschaft erreichte. So jedenfalls die gängige Legende in Clearwater. Tatsächlich schrieben die Zeitungen, Bobby Joe solle demnächst in die Pro Football Hall of Fame aufgenommen werden, eine Ehre, die ihn und Clearwater unsterblich machen würde.

»Er soll kein guter Mensch sein«, bemerkte Grandma, die selten etwas zur Diskussion beitrug.

»Absolut«, grummelte Grandpa, »schlimmer als sein Alter. Mieser Lohn, noch schlechtere Arbeit. Das Stahlwerk, die Farmen, sein Ölbusiness, die ganzen Läden in der Einkaufszone. Gehört doch alles ihm; und *er* bestimmt, wie gut es uns geht. Saugt uns doch alle aus.«

Damals begann ich zu denken, Bobby Joe sei der Grund für all das, was in den nächsten Tagen passieren und schließlich zur Katastrophe führen sollte.

Grandpa schaute von mir zu Dad. »Jetzt aber mal im Ernst. Dein Sohn ist intelligenter als all die drüben in Sunville zusammen. Der geht mal aufs College und verdient später einen Haufen Kohle. Der amerikanische Traum. So wie Bobby Joe.«

Ich wäre fast vor Stolz gestorben, falls nicht gleich darauf vor purem Entsetzen: So wie sie mich jetzt alle ansahen, plötzlich mit schwarzen toten Augen, aus denen jegliches Leben gewichen schien. Eiskalt rann es mir über den Rücken und ließ mich erschaudern. Mom, Dad, Grandma und Grandpa saßen wie Tote neben mir am Tisch. Tot!, auch wenn sie sich noch bewegten.

Es konnte nur Bobby Joe sein, der Anlass zu diesem Horror gab. Hatte der Reverend bei der Erwähnung von Bobby Joes Namen nicht ebenfalls die gleichen abgestorbenen Augen gezeigt? Reichte Bobby Joes Macht so weit, dass sich, sprach man nur über ihn, die Augen der Menschen verdunkelten, bis sie schließlich erloschen? Eine Art Bobby-Joe-Virus? Jedenfalls etwas, das sich weiter und weiter und rasend schnell verbreitete, wie ich bald erfahren sollte.

Nein, keine Gruselgeschichte entstanden aus Kindheitsfantasien, oder einem Horrorfilm ähnlich, wie sie sie ab und an im Open-Air-Kino drüben beim Trailer Park zeigen und über die Dad meint, ich sei noch zu jung dafür.

Voller Schrecken blickte ich auf die vier Untoten. Sie selbst unterhielten sich, als wäre nichts geschehen. Sahen sie nicht einander in die Augen? Vater tätschelte mir liebevoll den Kopf. Er hatte gar nicht mitbekommen, dass er gestorben war.

»Was willst du denn mal werden?«, fragte Dad mich mit toten Augen.

»Sch… Schriftsteller«, stotterte ich, »ich habe gerade mit einem Tagebuch angefangen.«

»Der Junge wird mal den Pulitzerpreis holen«, sagte Grandpa mit hohler Stimme.

»Klar wird er das«, sagte meine Mutter und lächelte Dad an – aus Augen, in denen kein Leben mehr war.

»Entschuldigt!«, rief ich, sprang vom Tisch auf, ohne überhaupt erfahren zu haben, dass der Pulitzerpreis unter anderem den besten amerikanischen Schriftstellern verliehen wird. Rannte aus der Küche, die Treppe hoch in mein Zimmer und warf mich weinend aufs Bett. Erst der Pfarrer, dann die Gemeinde, jetzt meine Familie. Wie war das zu erklären? Weshalb bemerkte nur ich diese entsetzlichen Dinge? Oder war ich es, der krank war?

4

Bereits am nächsten Tag kam mir wieder alles normal vor. Wieder verschwand diese seltsame Krankheit, die meine Mitmenschen zu befallen schien; so schnell, wie sie gekommen war.

Es wurde eine ruhige Woche. Bald hatte ich diese rätselhaften Ereignisse vergessen. Hirngespinste eines heranwachsenden Knaben. Nur einmal noch wurde ich kurz an die merkwürdigen Vorfälle erinnert, und mein Verdacht, Bobby Joe stecke hinter all dem, erhärtete sich. Die alte Mrs. Seabuckel, deren pflegebedürftiger Sohn nun doch in dieser Woche gestorben war, erzählte mir, Bobby Joe würde das Begräbnis ihres Sohnes bezahlen. Und dabei schienen auch ihre Augen sich verdunkelt zu haben.

Die Fische jedenfalls scherte das alles nicht und bissen prächtig an. Jeden Morgen in aller Früh fuhr ich zum Angeln an den Catfish Creek. Noch letzten Sommer, bevor es im Gefängnis akuten Personalmangel gab, hatte Pa mich abends nach seiner Schicht zum Fischen mitgenommen. Kurz bevor es dunkel wurde, bissen die Barsche am besten. Darauf folgte die Jagd nach Welsen. Pa meinte, die fische man erst nach Einbruch der Dunkelheit. Aber Ma sah es nicht gern, dass wir dabei das Abendessen verpassten.

In letzter Zeit ließ Dad mich allein zum Fischen an den Catfish Creek radeln. Na ja, der ist auch eher ein Bach als ein Flüsschen. Zumindest was das Fischen anging, hatte Vater mich zum Erwachsenen erklärt. Dabei besuchte ich noch die *James T. Buckland Elementary*, eine der drei örtlichen Primary Schools, und kam erst nächstes Schuljahr auf die *Clearwater Junior High*. Ich verlegte mich auf Barsche, denn für die brauchte man nicht allein im Dunkeln umherzuziehen – auch wenn ich jetzt erwachsen war. Früh am Morgen, sobald die Sonne aufging, fing man die meisten.

Ich bin wohl zum Fischen geboren. Kaum ein Tag, an dem ich keinen Fang nach Hause brachte. Eigentlich fische ich gar nicht, und das ist vermutlich das Geheimnis meines Erfolgs. Vielmehr starre ich auf das sich kräuselnde Wasser, wie es den Weg übers Flussbett sucht. Da kannst du träumen und in neue Welten eindringen … bis dich ein sanftes Zupfen an der Angel erinnert, dass auch diese Welt ihre Daseinsberechtigung hat. Ich nehme an, das ist die Aufgabe der Fische hier am Catfish Creek.

Der Freitag kam und so das Footballspiel gegen Sunville-High. Nach einem verlorenen Spiel konnte es passieren, dass Coach Knowles einige *For Sales* Schilder vor seinem Haus in den Rasen gerammt vorfand. Mehr aus Spaß also. Sollte ein Trainer jedoch gegen die Sunville-High verlieren, verkaufte er sein Haus besser gleich.

Das Veterans Memorial Stadium in Clearwater fasst 14007 Zuschauer, mehr als vorhandene Einwohner. Ausverkauft!

Nichts, nichts anderes im Leben gibt es für die Leute hier. Wenn man erfahren wollte, ob Gott auch außerhalb der Kirche existierte und ob man zudem woanders inbrünstiger beten konnte, dann war das Robert J. Buckland Field am Veterans Memorial Stadium die Kathedrale, die es zu besuchen galt.

Wer an diesen Worten zweifelt, hat nie in einer Stadt wie Clearwater gelebt. Clearwater ist keinesfalls ein idyllisches Städtchen: Alkoholismus, Selbstmord- und Scheidungsraten liegen sogar über denen von Oklahoma City. Allerdings geschah der letzte Mord in Clearwater vor sieben Jahren, ein Ehestreit, wogegen in Oklahoma City im gleichen Jahr Hunderte Morde registriert wurden. Dad meinte augenzwinkernd, es läge an der abschreckenden Wirkung eines Staatsgefängnisses in Sichtweite, dass es hier kaum Schwerkriminalität gab. Die wirklich harten Drogen blieben in Clearwater dagegen straffrei: Kirche, Sport, Weißsein.

Über dieser Enklave hing der Schiedsspruch, ausgeschlossen vom pulsierenden Rest Amerikas zu sein. Und doch: Trotz der Schicksale, festgebacken in Sand und erstickender Hitze, gab es für die Einwohner Clearwaters Momente der Hoffnung und des Glücks: Sobald sich das Team hinter dem Banner aufstellte, ein Aufschrei aus *über* 10000 Kehlen durchs Stadium hallte, das Football Team das Banner durchbrach, zerfetzte und die rund vierzig Spieler wie eine wild gewordene Kohorte von vierhundert das Feld fluteten.

Der Hass auf Sunville. Die Nachbarstadt hatte sich während der Boom-Zeiten alles unter den Nagel gerissen.

Real Estate, Banken und Firmen waren dort ansässig geworden. In Sunville arbeiteten die White-collar Workers, Clearwater zog die Blue-collar Workers an. Industriearbeiter und Handwerker, die zwar in überraschender Zahl herbeiströmten, nach dem jeweiligen Boom aber auch wieder verschwanden.

Vielleicht hatte man auch nur versäumt, das hier ebenfalls reichlich fließende Geld jener Jahre sinnvoll anzulegen, zum Beispiel in Bildung, denn beneidenswerterweise besaß Sunville seit jenen Jahren eine Universität. Doch von eigenen Versäumnissen wollte in Clearwater keiner etwas wissen. Im Gegenteil. Heute war der Tag der Abrechnung. Heute würde sich Clearwaters Ehre wiederherstellen und seine Bewohner würden Gerechtigkeit für all jene unverdiente Schmach erlangen. Alles lastete auf den Schultern des Teams. Die Broncos mochten im Statefinal untergehen, die Playoffs verpassen, aber nie, niemals gegen Sunville verlieren. Der Coach würde gefeuert werden, und jedes Teammitglied hätte sich besser gleich selbst den Hintern mit *Verlierer* brandmarken können. Dass die *Broncos* gegen die *Wildcats* verloren, war in ihrer langjährigen Rivalität, Gott sei Dank!, erst zweimal passiert.

Die Kapelle spielte den Bronco-War-Chant und alle sangen mit. Die Melodie war eine Mischung aus der Titelmusik von *Way of the Dragon* mit Bruce Lee und dem Florida-State-Siminoles-War-Chant – nur eben viel eindrucksvoller. Gerade noch die depressivste Stadt Oklahomas mit 9805 Seelen, jetzt stimmten sie gemeinsam ihren Kriegsgesang an und schwangen dabei die Unterarme rhythmisch auf und ab, der Tomahawk. Ja, auch den gab es in Clearwater schon früher als anderswo in den Arenen.

Hohngesänge erschollen und prasselten auf die Spieler von Sunville herab. Wir erschraken dennoch, als das gegnerische Team auflief. Die Verteidigung der *Wildcats* bestand aus Spielern, die aussahen, als wären sie nicht aus einem Highschool-Team, sondern den Draft-Picks für die NFL entsprungen. Linemen und Center – breit wie Elefanten.

»Jesus, sind das Brocken! Da hat sich Sunville was einfallen lassen. Denen kannst du Kohletabletten zwischen die Arschbacken klemmen, und die machen Diamanten draus!«, raunte Dad Grandpa zu.

Nach einem Moment der Verblüffung erschollen von den Rängen erneut Bronco-Schlachtrufe. Was immer die Gegner auch mit ihren Hintern anzustellen vermochten, wir würden sie in selbige treten und aus dem Stadion befördern.

Doch wir rannten in eine Katastrophe. Eigentlich rannte keiner so wirklich, denn gegen die Defense der *Wildcats* war kein Vorwärtskommen. Von wegen *Wildcats*. Das waren Elefanten. *Buh!*

Ich suchte den Chief unter dem Publikum, fand ihn nicht. Auch Bobby Joe war nicht in seiner Loge zu sehen. Vielleicht führten die Wildcats deshalb bis zum letzten Viertel mit 7:0. Ein Touchdown würde alles wieder ausgleichen; doch sobald wir den Ball hatten, schien unsere Offensive wie am Boden festgewachsen, geschweige denn in der Lage, den Weg in die Endzone des Gegners zu finden.

»Ihr Hosenscheißer! Tragt wohl auch noch braune Unterhosen, damit man den Unterschied nicht sieht!«, brüllte Grandpa den Spielern zu.

Dabei gaben die Unseren alles. Wie Kletten hingen sie an ihren Gegenspielern und verbissen sich in jeden

Zweikampf. Heute war der Tag, an dem Sunville über Clearwater triumphieren würde. So sicher wie Reverend Sullivans Amen in der Kirche. Nichts schien den Sieg der *Wildcats* verhindern zu können.

Und plötzlich war Bobby Joe hier. Wie ein Lauffeuer verbreitete sich die Nachricht von seinem Eintreffen. Mir wurde siedend heiß. Der Fluch. Das Virus. Ich wagte nicht, auch nur irgendeinem in die Augen zu sehen.

Erste Bobby-Joe-Rufe ertönten. Schließlich brüllte das Stadion nichts anderes mehr. Der Messias war erschienen und das Wunder geschah: Von nun an pflügten unsere Jungs das Spielfeld hoch, Yard für Yard, Down für Down. Als wären die zuvor Angst einflößenden Widersacher nur Dummies auf Übungsschlitten, schoben und drängten wir sie beiseite, rangen sie nieder, warfen sie um. Ihrem Namen alle Ehre machend, wirbelten unsere Spieler wie ungezähmte Mustangs und erzielten schließlich den Ausgleich. Das Spiel schien in die Verlängerung zu gehen, doch dann gelang unserem Kicker ein Fieldgoal aus 45 Yards. Wir gewannen mit 10:7.

Grenzenloser Jubel. Zaghaft schaute ich in die Gesichter der anderen. Dad und Grandpa, die sich umarmten, Mom, die Nelly zuwinkte. Ich blickte umher und alle Augen strahlten. Schriftsteller, das war einmal. Ich würde Footballspieler werden!

Die Cheerleader bauten sich vor den Logen auf und bildeten eine Pyramide zu Ehren Bobby Joes. Die Leute skandierten: *Bobby Joe, he runs the show!* Der erhob sich und winkte. Nie werde ich vergessen, wie sich mit einem Schlag alle Augen verdunkelten. Manche erloschen augenblicklich, manche nur allmählich, und einige schienen sogar noch eine kurze Weile ihren ursprünglichen Glanz zu behalten. Nach und nach jedoch verschwand das letzte

Licht aus den Augen der Bewohner von Clearwater, und schließlich erloschen alle. *Er* hatte die Kontrolle über sie.

5

Kaum wieder zu Hause, stürmte ich an meiner Mutter vorbei und die Treppe hoch. Oben im Badezimmer trat ich an den Spiegel. Hatte Bobby Joe auch über mich Macht gewonnen, als dem vielleicht Letzten in dieser Stadt? Ich wagte kaum in den Spiegel hineinzuschauen. In meinen Augen flackerte es. Kleine trübe schwarze Punkte verdichteten sich und tanzten einen Wirbelwind, mehr und mehr Verwüstung in meiner Seele anrichtend. Ich war von demselben Virus befallen wie alle anderen auch.

Die ganze Nacht verbrachte ich, ohne ein Auge zuzutun. Ab und zu sprang ich auf, ging ins Badezimmer und prüfte, ob ich dem Virus bereits ganz erlegen war. In den frühen Morgenstunden wurde mir klar: Ich musste zu Bobby Joe und ihn für das Leben meiner Eltern, dasjenige der Clearwaters, um das Leben aller hier bitten. Ihm notfalls mein Leben anbieten, das er, aus welchem Grund auch immer, noch nicht gänzlich unter seine Kontrolle bringen konnte, und mich für alle opfern.

Noch vor Sonnenaufgang schlich ich aus dem Haus. Nahm mein Angelzeug, schmierte ein paar Erdnussbutterstullen und nahm meine Sandwichdose mit, damit sich keiner wegen meines so frühen Aufbruchs sorgte.

Die ersten Pedaltritte über ließ mich der kalte Morgenwind unter meinem T-Shirt erschauern. Es graute der Morgen, als ich die staubige Straße erreichte, hinaus aus der Stadt zum Catfish Creek und zu jener Wegkreuzung, an der die Straße abbog und den Hügel hinauf zu Bobby Joes Villa führte.

Normalerweise genoss ich die Fahrt. Besonders den Rückweg vom Angeln, nachdem ich Beute gemacht hatte und die Sonne den Weg beschien. Die Landschaft ringsherum zog einen in den Bann. Sie barg Geheimnisse. Noch immer. Wo früher riesige Büffelherden umherzogen, Indianer ihre Tipis aufschlugen, die Trapper das Land erkundeten, die Sooner ihre Claims absteckten, die Siedler mit dem Oklahoma Land Run eintrafen, für mich wohnten alle gelebten Leben noch immer hier, als wäre der Hügel da vorn nicht bloß ein Hügel, sondern Zeuge in geschmolzener Zeit.

Es verbarg sich ein Geheimnis hinter und in jedem Stein und Felsen, Halm, Busch und Baum, in deren Gebilde ich hie und da Gestalten sah, die mich manchmal erschreckten, nie aber entmutigten weiterzufahren. In diesem Landstrich war die Vergangenheit gegenwärtig wie die Stimmen und das Klirren der Gläser und Flaschen im Saloon drüben in Nuggettown, der verlassenen Goldgräbersiedlung jenseits der Little Tuskegee Mountains.

Als die ersten Siedler sich hier niederließen, galt ein Junge in meinem Alter bereits als Mann. Während ich nun die staubige Straße hinunterradelte, überkam mich, wie so oft, das Gefühl, überhaupt nicht anzukommen; derart weit dehnten sich die Stadt und nun das sie umgebende Land und wölbte sich der Himmel darüber wie im unendlichen Raum. Manchmal dachte ich dann, ich sollte besser umkehren, damit ich es überhaupt zurück nach Hause schaffte. Heute nicht. Ich musste zum Mansion der Bucklands!

Statt zum Fluss bog ich ab und folgte dem Anstieg hinauf zur Villa. Keuchend erklomm ich den Hügel. Kein Laut, nur mein Atmen und das Knirschen von Sand und Steinen, die der Wind auf den Asphalt der kürzlich frisch geteerten Privatstraße geblasen hatte. Als ich oben ankam, reflektierten erste Sonnenstrahlen auf dem Chrom meines Lenkers.

Ein paar Autos standen in der Einfahrt zu einer Villa, wie ich sie vorher noch nie, schon gar nicht aus der Nähe, zu Gesicht bekommen hatte. Kein Wunder, dass Grandpa meinte, Bobby Joe throne hier auf diesem Hügel wie ein Gott. Er schien auch einer zu sein. Hatte ich nicht mit eigenen Augen gesehen, wie er Macht über die Menschen ausübte?

Das Rad stellte ich neben dem Eingang ab, einer zweiflügligen Holzpforte mit Glasintarsien, in denen sich das Licht derart wundersam spiegelte, als schaute ich in Moms Diamantring, den Grandma ihr zur Hochzeit weitervererbt hatte. Vom schönen Schein befangen, hätte ich beinahe vergessen, weshalb ich hergekommen war.

Ein spitzer Schrei erregte meine Aufmerksamkeit. Er musste von der Rückseite der Villa gekommen sein. Musik und Stimmen. Die Gartentür stand offen, und mit zitternden Gliedern trat ich ein. Ich blickte in den Garten und auf eine lang gezogen Terrasse. Die Sonne erhob sich bereits über die Hecken und beschien das weitläufige Gelände ringsum. Am Swimmingpool räkelten sich ein paar Gestalten, merkwürdig ineinander verschlungen. Und da entdeckte ich Bobby Joe. Er saß am Pool und hing an den Brüsten einer Frau.

Er saugt uns alle aus, kamen mir Grandpas Worte in den Sinn.

Plötzlich deutete ein Mann in Bermudashorts mit einem kleinen Röhrchen auf mich und schrie: »H-e-e-e-h, was macht der kleine Spanner hier!«

In seiner Erregung warf er fast das Tischchen neben seiner Liege um, auf der kleine Linien weißen Puders durcheinandergerieten, was ihn nur noch wütender machte.

»Bitte, i-ich kann das erklären«, stammelte ich, verstummte aber, als Bobby Joe sich zu mir umdrehte und mich mit drohendem Blick fixierte.

»Du mit deinem Scheißkoks«, raunzte er den Kerl mit den Bermudas an. »Wenn der Kleine sein Maul aufreißt und das herumplärrt, kann ich mir die Nominierung für die Hall of Fame in den Arsch schieben.«

Ich rannte los. Nein! Völlig sinnlos, mich für meine Eltern und die Menschen von Clearwater aufopfern zu wollen. Bobby Joes Augen pechschwarz wie die des Reverends letzten Sonntag – nur Ersterem schienen sie bereits länger und dauerhaft erloschen zu sein.

»Verdammt, warte!«, hörte ich Bobby Joe hinter mir her brüllen, doch ich war längst durchs Gartentor, schwang mich aufs Rad und trat in die Pedale, als sei der Teufel hinter mir her. War er auch!

Den Hügel runter. Die Abfahrt war so rasant, der fadenscheinige Bronco-Wimpel drohte abzureißen. Hatte mir ohnehin vorgenommen, ihn wieder gegen Lisas Oklahoma-Wimpel auszutauschen. Verdammter Bobby Joe. Scheiß Football.

Hatte der Reverend nicht auch über Football gepredigt? War die Dunkelheit nicht während des gestrigen Spiels über alle gekommen? Bestimmt war das dämliche Spiel an allem schuld!

Ich betete, dass die Kette hielt und ich keinen Platten fuhr. Bei Verstand wäre mir sofort klar geworden, ich würde nicht entkommen. Oben startete jemand den schweren Motor eines Pick-ups. Bald vernahm ich den Wagen hinter mir herjagen. Ich erreichte die Kreuzung, wählte unglücklicherweise den holprigen Weg zum Cat-fish Creek, statt auf der Straße zu bleiben. Der Wagen kam näher. Ich blickte mich um … und das war endgültig mein Verderben. Den Blick nicht weiter auf den Weg vor mir gerichtet, geriet ich in ein Schlagloch, überschlug mich und landete halb im Gras halb im Busch.

Der Wagen bremste schlingernd. Kaum hatte sich der aufgewirbelte Staub verzogen, sprang Bobby Joe aus dem glänzend schwarzen Pick-up. Satans Kutsche. Peng! *Hat der doch glatt auf mich geschossen.* Ich duckte mich und um-klammerte mein Fahrrad, als wollte ich es mit ins Jenseits nehmen. Das Echo hallte bis in den letzten Winkel dieser einsamsten aller Landschaften. Wie viele Menschen wa-ren in dieser Einöde gestorben? Verscharrt oder liegen ge-lassen, ähnlich heimtückischer Gewalt zum Opfer gefal-len.

Letztlich dann doch nur die Fahrertür, die Bobby Joe gleich einem Pistolenschuss zugeknallt hatte. Aus toten Augen starrte er mich an, als wäre er der Schnitter selbst und ich sein Höllenmahl. *Er wird mich zum lebenden Toten machen, wie all die anderen – nur diesmal eben mit Gewalt.*

Vielleicht hatte das auch mit dem Zeugs auf dem Tisch-chen zu tun und damit, was ich dort oben gesehen hatte. Jetzt sah ich noch mehr: Mochten seine Augen tatsächlich dunkle Geheimnisse bergen, ich war mir plötzlich sicher, sie waren nicht die Ursache, weshalb seine Augen und die aller anderen getrübt waren.

Bobby Joe machte einen Schritt auf mich zu. *Fast so groß wie der Chief.* Seine Gesichtsmuskeln zuckten, pulsiv und heftig wie Blitze eines Sommergewitters.

»Ich …« Er verstummte, wohl auch, weil in diesem Mo-ment sich uns ein Pick-up aus entgegengesetzter Rich-tung vom Catfish Creek her näherte. Grellrot. Die

Ladefläche voller Wassermelonen, Angelzeug obendrauf. Als der Wagen neben uns hielt, beugte sich ein vertrautes Gesicht aus dem Seitenfenster.

»Ja was? Fährst du jetzt schon Kinder übern Haufen«, sagte der Chief und blickte Bobby Joe besorgt an.

»Iss nich' wahr. Wollte bloß mit dem Kleinen reden.«

»Ach?«

Der Chief musterte erst mich, dann Bobby Joe. Ich rieb mir die geschundenen Knie.

»Der Kleine hat uns am Pool gesehen und … äh … auch, was die dämlichen Idioten so alles treiben … Joe hat da noch Stoff rumliegen … du weißt ja, so was nehm' ich nich', aber wenn die Presse …«

»Ausgerechnet vor deiner Nominierung«, frotzelte der Chief. »Dafür nimmt man schon ein paar Tote in Kauf.«

»Heh, ich wollte dem Kleinen wirklich nichts tun. Ehrenwort. Nur seine Klappe soll er halten.« Verlegen blickte er auf sein einziges Bekleidungsstück, einen Tanga-Slip.

Der Chief grinste. Dann wandte er sich mir zu. »Du kannst doch schweigen?«, fragte er mich.

»Sir, ich weiß gar nicht, was …«, entgegnete ich und fügte schnell hinzu: »Grandpa meint, Sie sind in Ordnung, Chief, und wenn Sie sagen, ich soll nichts sagen, wovon ich gar nicht mal weiß was, dann sag ich auch nichts.«

Der Chief lachte.

»Siehst du, Bobby, alles in Ordnung. Jetzt fahr mal nach Hause, zieh dir was Anständiges an, und wenn ich die Melonen in der Stadt ausgeliefert habe, komm ich bei dir vorbei und wir reden mal wieder. Okay, *Buddy-boy*?«

Bobby Joe nickte wie der Sünder vor dem Herrn. Mit einem Tschuldigung-Kleiner-schick-mir-die-Rechnung wegen-des-Rads stieg er in sein schwarzes Ungetüm und machte sich davon.

Der Chief stieg aus und zog mein Rad aus dem Gebüsch.

»Sieht gut aus. Mit dir alles in Ordnung?«, erkundigte er sich.

Ich nickte.

»Was hast du eigentlich da droben gewollt? Sonst fährt doch keiner von euch Jungs zur Villa hoch.«

Ich sank ins Gras und konnte die Tränen nicht mehr zurückhalten.

Der Chief hockte sich neben mich und legte den Arm um mich. In seiner Sonnenbrille spiegelte sich die Vormittagssonne. Unwillkürlich suchte ich meine Augen in der Spiegelung, ob die denn nun auch schon ganz schwarz waren und es keine Hoffnung mehr gab, aus welchem Grund auch immer dieses Leid über uns alle hereingebrochen war.

Er nahm die Brille ab. Fast hätte ich laut aufgeschrien!

»D-deine Augen!«, stotterte ich.

»Was ist mit denen?«

»Sie … sie sind nicht tot wie bei den anderen!«

Ich dachte schon, der Chief würde jetzt einfach aufstehen und mich verrückten Bengel einfach sitzen lassen. Stattdessen lachte er.

»Kann nicht sein!«, rief er erstaunt aus. »Lass mich raten: Du siehst, wie in den Augen deiner Mitmenschen Licht und Leben verlöschen, wie sie flackern, wieder aufleuchten, und manchmal denkst du, gleich sind alle tot?«

»Woher weißt du das?«

»Hab ich als Kind auch mal erlebt. Dachte genauso und dass ich der Einzige damit bin«, gab er zur Antwort.

Unglaublich, ich hatte jemanden gefunden, der nicht nur von dem Übel verschont geblieben war, er mochte noch dazu wissen, weshalb dies alles geschah!

Ich beschrieb, wann und wo ich dem Unheil begegnet war und welche Schlüsse ich daraus gezogen hatte.

»*Bobby Joe* dran schuld? Das Footballspiel?« Er lachte und lachte, konnte sich kaum wieder beruhigen. »Mann oh Mann, aber eins muss man dir lassen, du bist ein echter Pfundskerl! Hast allen Ernstes den Mut, einfach so zur Villa hoch zu fahren und dich für deine Eltern und andere zu opfern? Ne echt, solltest *du* mal für die Broncos spielen, gewinnt ihr die Staatsmeisterschaft locker.«

Ich platzte vor Stolz. Klar wollte ich jetzt wieder Footballspieler werden.

»Warum sehe ich das, und warum hast du es gesehen? Wieso passiert das alles überhaupt?«

Der Chief starrte eine Weile in die raue Landschaft, als müssten sich seine Erinnerungen erst sortieren, als wartete er, dass sich im hellen Sonnenschein der letzte Dunst um die Little Tuskegee Mountains verzog und ihm die Sicht auf die Vergangenheit freigab.

»Etwa in deinem Alter passierten mir genau die gleichen Dinge. Glaub mir, ich war nicht weniger verzweifelt als du. Die Menschen um mich herum schienen zu sterben, und dann griff diese seltsame Krankheit auch noch nach mir.«

»Ja«, unterbrach ich ihn aufgeregt, »ich dachte, jetzt erwischts dich auch!«

Der Chief drückte mich kurz an sich. »Keine Angst, im Grunde kann dir nichts passieren.«

Ich wollte etwas einwenden, doch etwas in seinem Blick ließ mich schweigen.

»Ich wusste damals auch nicht weiter und suchte Rat. Ein Häuptling unseres Stammes erzählte mir von einem Ort, an dem der göttliche Teil unserer Seelen wohne und darauf warte, dass der irdische Teil sich wieder mit ihm verbinde. Dies gelänge jedoch nur, wenn der irdische Teil wieder so weise und rein geworden sei wie jener andere Teil.«

»Und was hat das mit mir zu tun?«

»Einige Menschen besitzen die Gabe, den Seelenzustand ihrer Mitmenschen auf diese, zugegeben, unheimliche Weise wahrzunehmen. Und anscheinend gehören wir beide genau zu denen.«

Er rieb sich kurz die Augen und fügte hinzu: »Vielleicht ist dies auch nur Kindesaugen vergönnt.«

»Ja, aber weshalb werden sie so dunkel, als erlösche diese Wiedervereinigung, von der du gesprochen hast?«, fragte ich ihn.

»Denk nach! Wann hast du das zuerst bemerkt?«

»Als Reverend Sullivan in der Kirche predigte.«

»Und? Hat er nicht lauter leere, tote Worte gepredigt? Vorurteile, Phrasen wie: die Weißen zeigten nicht das Kainsmal und in Sunville lebten nur die Bösen?«

Ich nickte.

»Nicht die Worte, sondern die Weisheit dahinter hätte er predigen sollen. Letztlich aber muss jeder seinen Gott und seine Kirche finden, und somit den eigenen Weg, sodass die Seele mit dem verlorenen Teil zusammenfindet. Worte? Göttliche Weisheit dagegen formt sich mit jedem Atemzug neu. Letztlich aber es ist an uns, aus eigenem Bemühen dorthin zurückzufinden.«

Mir schien, als finge der Chief zu predigen an. Aber er lachte nur vergnügt und seine Augen strahlten.

Ich dachte an meine Eltern, an Grandma und Grandpa, wie sie über alles herzogen, in sich nichts Neues suchten, mich anstarrten, als ihre Augen schwarz wurden, weil sie all ihre Hoffnungen in mich setzten – den künftigen Schriftsteller und Pulitzer-Preisträger – statt in sich selbst. Dachte daran, wie sie beim Spiel gegen Sunville einzig auf den Erfolg aus waren und Bobby Joe als Messias feierten, jemanden, der längst sein Streben nach Vervollkommnung aufgegeben hatte. Und ich? Der dunkle Strudel in meinen Augen? Begann nicht auch ich in Stillstand zu geraten, kaum noch darauf bedacht, Eigenes zu wollen? Wie oft hatte ich je nach Lage der Dinge in der letzten Woche erst ein Footballspieler werden wollen, dann wieder nicht, jetzt aber doch wieder, allein, weil es vorteilhaft zu sein versprach?

»Man kann den Leuten keinen Vorwurf machen. Ihre Zeit kommt. Ich habe festgestellt, dass das Verlöschen der Augen nicht von Dauer, sondern nur zeitlich befristet ist.« Er blinzelte mir zu. »Nicht jeder kann sehen, was wir bemerken. Den Klang reifer Melonen kann auch nicht jeder unterscheiden.«

»Aber lernen, wie sich das anhört?«

Er wiegte den Kopf und nickte schließlich.

So viele Fragen brannten auf eine Antwort. Dummerweise entschied ich für die dämlichste: »Siehst du auch manchmal Gestalten in den Wolken und Bäumen und so?«

Der Chief zuckte die Schultern. »Du bist ein guter Angler, hab ich gehört«, behauptete er verschmitzt.

»Oh. Wer sagt das?«

»Ich angle auch am Catfish Creek. Die Fische haben's mir zugetragen.«

»Wirklich?«

Bestimmt wollte der Chief nur testen, ob ich schon erwachsener geworden sei, eigenständig dächte oder ihm einfach alles glaubte. Erwachsen mochte ich eigentlich gar nicht werden, zumindest wenn das zu glauben hieße, es sei nur das vorhanden, was alle sähen.

Dass die Fische mit ihm redeten, nahm ich ihm allerdings nicht ab. Oder doch? Verfügten Indianer nicht über derartige Fähigkeiten? Ich zog ein gequältes Gesicht.

Er lachte über meinen Gesichtsausdruck. »Nein, deine Mutter hat's mir mal im Diner erzählt.«

Er besah sich mein Rad, prüfte es, richtete das Vorderrad ein wenig und stellte es neben mich.

»Das geht schon so. Ist in Ordnung. Und du jetzt?«
Ich nickte.

»Wir sehen uns!«, rief er und winkte zum Abschied, als er in den Wagen stieg.

»Ja, und danke. Echt!«, rief ich zurück.

Er fuhr an mir vorüber, ich winkte und schaute noch eine Weile dem Wagen nach und dann den Staubwolken in der Ferne.

Ich radelte zurück. Die Sonne strahlte mir ins Gesicht, die Landschaft, die Bäume, Vögel und Tiere, sogar die Blumen lachten mich an. All diese Gestalten in Wolken und Felsen grüßten. Ich strahlte zurück, auch wenn ich womöglich nie erfahren werde, ob es sie tatsächlich gibt.

Als ich zu Hause ankam, standen Mom und Dad gerade draußen vorm Haus. Vater auf dem Weg zur Arbeit. Ich lief auf sie zu und umarmte beide. Ihre Augen leuchteten durch mich. Es machte mir nichts aus, sollte ich Mom morgen wieder in die Kirche begleiten müssen. Ich würde sie singen hören. Ihre wundervolle Stimme. Und die Welt leuchtete durch sie.

6

Dreißig Jahre sind seitdem vergangen. Ich denke, ich habe die Geschichte in etwa so wiedergegeben, wie ich sie damals erlebte. Die Aufzeichnungen aus meinem Tagebuch halfen mir dabei. Nein, den Pulitzerpreis – wie Grandpa damals mutmaßte – habe ich nicht gewonnen. Werde ich auch nicht. Heute manage ich Sportler, auch Footballspieler, und im Gegensatz zu früher liebe ich das Spiel. Daran ist der Chief nicht ganz unschuldig. Er und ich haben Freundschaft geschlossen.

Manchmal, bevor ich schlafen gehe, rieche ich einen verführerischen Duft und sehe Mom vor mir, wie sie spät abends schnell noch Pies für das Diner backte. Dann packt mich die Wehmut, jedoch nicht allzu sehr, denn der Chief hat recht und eines Tages gelangen unsere Seelen an jenen Ort, an dem irdischer und göttlicher Teil wieder zusammenfinden.

Ehe ich es vergesse: Nach Clearwater folgt man einfach der Ost-West-Verbindung, der Interstate 40. Vom westlichen Teil Oklahoma Citys bis Barstow verläuft sie parallel zur Route 66. Heute ist die legendäre Route 66, Traumstraße des amerikanischen Traums, zum größten Teil stillgelegt und beinahe schon in Vergessenheit geraten. Doch wer Traumstraßen sucht, findet Clearwater genau hier.

Zwei Welten

Ehrgeiz hatte sie, bei Simpson, von Natur aus nicht.

Mauros Blick schweifte über das Wasser hin zu den Lichtern am Horizont. Vereinzelt mühten sich Blitze durch das neblige Rot des Himmels. Unwirtliches Gewitterleuchten, wie er es von gelegentlichen Ausflügen an die Erdoberfläche kannte.

Er starrte wieder aufs Wasser, als könnte er in die Tiefe sehen. Irgendwo dort unten vermutete er die südwestliche Küste Nordamerikas. Mauro beobachtete das Spiel der Wellenkämme eines Meeres, das diesen Erdteil nunmehr schon Jahrtausende überzog.

Wie einst für die Menschen das verschollene Atlantis, dachte er in einem Anflug von Sentimentalität. In grauer Vorzeit dürfte Kalifornien mit Los Angeles sich dort unten befunden haben.

Was konnte jemanden, der ewig lebte, mehr faszinieren als das Vergängliche? Mauro gehörte zu den wenigen Privilegierten, die die Geschichte der Menschheit kannten, einer längst ausgestorbenen Art, zu deren Vermächtnis ein fast gänzlich unbewohnbarer Planet gehörte. Dennoch verspürte er einen nostalgischen Hang zu dieser Affen ähnlichen Lebensform. Immerhin waren die Plasmiden aus den Menschen hervorgegangen.

Mauros Fantasie tastete wie die Scheinwerfer des Flugboots über die Oberfläche einer versunkenen Welt, loteten für Augenblicke in Tiefen und Untiefen deren mögliche Geschichte aus, den Alltag und die Glorie, das Außergewöhnliche wie das Banale, die Götter oder den einen Gott, an den die Menschen geglaubt haben mochten. Mauro schmunzelte. *Gott?* Letztlich blickte allein der Plasmid in den Spiegel kosmischer Schöpfung und sah, was er geworden war: unsterblich und Gott selbst. Die Menschen – die Krone der Schöpfung, wie sie sich genannt hatten – entpuppten sich am Ende nur als Übergangsform, als Vorstufe zu einer perfekten Lebensform. Immerhin.

Das Lichtermeer am Horizont begann sich zu ordnen und wurde Teil einer ellipsenförmigen Silhouette, die sich, im Wasser schimmernd, gegen den schwarzroten Himmel abhob. Sie näherten sich einem gigantischen Raumschiff. Mauro, der nur gelegentlich flog und kein technisch interessierter Plasmid war, fand das Mittelklasseraumschiff jedenfalls beeindruckend in seinen Ausmaßen.

Flugboote, Passagiere, Gepäck und Ladung. Auf und nahe dem Landungsdeck herrschte ein derart dichtes Gedränge, dass Mauro sich fragte, wer, bei Simpson, hier den Überblick behalten konnte. Voller Neugierde starrte er auf eine nietneue Hundertschaft Arbeitsrobs, die sich soeben simultan in Bewegung setzte. Was mochte sich in den Kisten befinden, die sie jeweils zu zweit trugen? Hatte Simpson nicht erwähnt, die neuen ARs seien zugleich auch perfekte KRs, Kampfrobs?

»*Auf ewig Plasmid!* Willkommen an Bord, Sir«, begrüßte Syra, die Logistikchefin, Mauro ein wenig verlegen, als müsse sie sich dafür entschuldigen, dass ihre Vorgesetzten nicht selbst erschienen waren, um ihn, den eigentlich Verantwortlichen, persönlich zu begrüßen. Mauro winkte ab. Kapitän Bah und sein Erster Offizier Dick waren sicherlich mit den Vorbereitungen für den Start beschäftigt.

Und doch stieg Unbehagen in ihm auf und verbündete sich mit der Ahnung, dass er, obwohl man ihm die Leitung der Mission übertragen hatte, deren Hintergründe nicht in vollem Umfang kannte. Typisch Simpson. Der

Große Rat hielt sich gern bedeckt. Dabei schien der Auftrag klar umrissen: Auf einem zweitausend Lichtjahre entfernten Planeten hatte man Garitium entdeckt, einen lebenswichtigen Rohstoff, den es zu bergen galt und der es ermöglichen würde, das Leben in den Städten unter der Erdoberfläche für weitere Hunderte von Jahren aufrecht zu erhalten. Sollte die Mission scheitern, bedeutete dies nicht weniger als die Umsiedlung auf einen anderen Planeten.

Von seiner Kabine aus erlebte Mauro den Start des Raumschiffs und wie die Erde als roter Punkt kleiner wurde und schließlich in der Dunkelheit des Alls verschwand. Ein berauschendes Gefühl erfasste ihn, den Heimatplaneten mit all seiner einlullenden Sorglosigkeit hinter sich zu lassen. Als fiele eine Hülle von ihm ab, das Korsett der Normalität, und seine wahre abenteuerliche Bestimmung bräche ihren Bann und transportierte ihn hinaus ins Unbekannte. Er lächelte. Das hatte man davon, wenn man Experte in Sachen Mensch war. Er bildete sich schon ein, ähnlich fühlen zu können!

Mochte die Natur längst besiegt sein und jeder Trip mit vorhersehbarem Ausgang, plötzlich regte sich in ihm etwas Unbestimmtes, Gefährliches, nicht Messbares, worüber er gelesen hatte, als es noch Menschen gab, etwas, das ihm in diesem Augenblick paradoxerweise größer und begehrenswerter erschien als die Errungenschaft des Plasmiden, alle Zeiten überdauern zu können.

Versonnen blickte Mauro auf die Stelle, an der der rote Planet verschwunden war; der Blaue Planet, wie die Menschen ihn ehemals nannten. Mauro kannte die Geschichte der Menschheit, seiner Anverwandten vor Tausenden von Jahren, hatte sie studiert wie auch die Kulturen jener

Wesen, die den Plasmiden im Laufe der letzten beiden Jahrtausende im Weltall begegnet waren – samt und sonders ausgemerzt, gemäß der ersten Direktive des Rats und der natürlichen Bestimmung eines Plasmiden, die vollkommene und einzige Lebensform im Kosmos zu sein. Die Plasmiden waren die Kammerjäger des Universums, andere Lebewesen dagegen – um im Sprachgebrauch der Menschen zu bleiben – Unkraut, das den Garten Eden sonst überwuchern und den paradiesischen Frieden darin gefährden könnte. Und im plasmidischen Paradies brauchte man kein lästiges Ungeziefer, nur um Blüten zu bestäuben.

Jemand räusperte sich dezent hinter ihm. »Sir, es ist Zeit. Sie sollten jetzt in die Große Halle kommen und die Crew offiziell über das Ziel der Mission unterrichten.«

Mauro drehte sich um. »Ah, 47 ... Stundenplan im Kopf? Schon wieder alles perfekt vorbereitet?«

Rob A-47 nickte.

Wie lange habe ich ihn schon, fragte Mauro sich angesichts der vertrauten Erscheinung seines mechanisch-virtuellen Begleiters. 47 war sein persönlicher Rob schon seit Hunderten von Jahren. Dass er an diesem Modell festhielt und nur Updates und gelegentliche Änderungen hatte vornehmen lassen, schrieb Mauro seiner Leidenschaft für alles Alte zu. Schließlich war er der Erste Bewahrer der Kultur und Geschichte all derer, die den Plasmiden vorangegangen waren – oder »deren wohl letztes Vergnügen es gewesen war, ihnen begegnet sein zu dürfen«, wie 47 es neulich überraschend sarkastisch ausdrückte. Humor bei einem Rob! Vielleicht hing er gerade deshalb an 47, weil der hie und da unverhofft fast schon plasmide Züge zeigte.

Mauros Blick wanderte über die Anwesenden. Manche Mitglieder der Crew, zumindest was die Offiziere betraf, waren Altbekannte. Mit ihnen hatte Mauro über die Jahrtausende ein kameradschaftliches Vertrauensverhältnis entwickelt, obschon seine Unternehmungen ins All sich zumeist auf jene spärlichen Kampfeinsätze gegen andere Lebensformen oder außerordentliche Erkundungen begrenzten, bei denen seine Dienste als hochrangige Führungspersönlichkeit gefordert waren.

Nach seiner Ansprache und Unterrichtung der Missionsziele in der Großen Halle blieb zum Dinner in der Messe ein kleiner Kreis jener Offiziere übrig, die Kapitän Bah seiner für würdig befand. Bis auf Syra waren dies zu Mauros Missvergnügen zumeist ausgerechnet jene grobschlächtigen Typen, die auch nicht in Tausenden von Jahren wenigstens ein Minimum an Geschmack und Kultur sich anzueignen imstande gewesen waren. Daher hatte Mauro nach dem Essen nichts Eiligeres vor, als sich in seine Kabine zurückzuziehen unter dem Vorwand, er müsse Vorbereitungen treffen, ehe sie in zwei Tagen an der Relaisstation einträfen, von der sie durch die Raumfalte ins Zielgebiet gelotst werden würden.

Kapitän Bah mochte ihn nicht so einfach gehen lassen. Bah, unbedeutender Kapitän eines mittelgroßen Raumschiffs, bekam selten Gelegenheit, sich mit jemandem schmücken zu können, der gar als Ziehkind und Vertrauter des Ersten Rats galt – Vater Ted Simpson selbst. Mauro musste sich eingestehen, er war durchaus stolz, einer der wenigen Plasmiden zu sein, der ihrer aller Gründungsvater Ted – Adam, wie die Menschen ihn genannt hätten – persönlich kannte.

»Sie wollen uns doch nicht schon verlassen? Zumal wir ein paar kleine Kämpfe arrangiert haben. Seien Sie kein

Spaßverderber, Sir!«, rief Bah gut gelaunt und knallte seine Kanne Glutbierat auf den mächtigen Zegalithtisch, dass es spritzte.

Mauro kannte ihre Spiele. Sie ließen Robs so lange aufeinander los, bis einer kaum mehr als zum Ausschlachten demoliert war. Er war nicht darauf erpicht, einem derart primitiven Spektakel beizuwohnen.

Dick, der Erste Offizier, rieb sich die Hände. »Wie wäre es mit einem kleinen Kampf, Sir? Ihr Rob gegen einen der neuen.« Erwartungsvoll beugte er sich vor.

Dick, ein stämmiger Mann, dessen dümmliches Aussehen täuschte, war ein hervorragender Erster Offizier, der bestimmt in absehbarer Zeit sein eigenes Kommando erhielt. Syra, die Mauro eigentlich hatte zur Seite stehen wollen, goss mit ihrer Bemerkung eher noch Öl ins Feuer der allgemeinen Erwartung: »Dicky, selbst 'nen Mensch hätt' die Unmöglichkeit erlinkt! Klar sind die taktischen Fähigkeiten von A 47 legendär, doch im Kampf Rob gegen Rob … und das auch noch gegen einen der neuen KRs?«

»Ich setze 15 Si-Du!«, rief Bah.

Ein Raunen ging durch die Offiziersmesse. Selten riskierte jemand, nicht mal ein Kapitän, einen derart hohen Einsatz. Si-Du war die alleinige Währung, mit der man Privilegien eintauschen konnte. Mit Materiellem war ein Plasmid ohnehin versorgt.

Mauro bemerkte, wie 47 ihn von der Seite ansah. Nicht so, wie die Robs einen üblicherweise scannten, um Wünsche ihres Besitzers vorauszusehen oder Gefahren von ihm abzuwenden. Für einen Moment beschlich Mauro das Gefühl, ihn beobachte ein Plasmid mit echten Sinnesempfindungen, prüfe, wie er sich entschied, mache gar von dieser Entscheidung abhängig, wie er sich ihm künftig gegenüber verhalten werde.

Mauro seinerseits erlaubte sich einen Seitenblick auf 47 und fand seine Anwandlung angesichts der glasigen Augen des Roboters absurd – ein Rob mit Gefühlen! Und doch wähnte er sich auf dem Prüfstand und argwöhnte, von dieser Entscheidung hänge mehr ab, als sich ihm momentan offenbarte. Wie unerklärlich vertraut ihm dieser Rob war – beinahe wie ein Freund, schoss es ihm durch den Kopf.

Er spürte die Unruhe um sich herum. Aufgeregte Stimmung hatte die Anwesenden erfasst, könnten sie doch Zeuge eines in der Tat einmaligen Ereignisses werden.

»Sir, überlegen Sie nicht lange! Schlimmstenfalls, in ein paar Stunden ham Sie nen neuen Rob. Genauso konfiguriert. Ich garantier's!«, rief Syra.

Selbst die Logistikchefin hatte sich von dem ungewöhnlich hohen Wetteinsatz und der allgemeinen Begeisterung anstecken lassen. Sie schien dem Wahn verfallen, ein klappriger Persönlicher Rob wie A 47 – der immerhin wie Mauro den Nimbus der Unbesiegbarkeit genoss – könne allein dank Strategie und Geschicklichkeit das neueste Modell eines Kampfrobs besiegen. Oder wollten sie 47 – und damit auch Mauro – gedemütigt sehen?

Nur für ihn einsehbar erschien auf seinem virtuellen Visor eine Mitteilung von 47: »Bieten Sie 35 Si-Du für den Gewinner ihrer dämlichen Kämpfe und entschuldigen Sie uns wegen wichtiger Vorbereitungen.«

Mauro stutzte. Dieser Ton! 47würde sonst nie derartige Vorschläge unterbreiten. Persönliche Roboter besaßen auch keinerlei Routinen, die ihren eigenen Wert bemaßen und sich in derartigen Situationen selbst zu schützen versuchten, es sei denn, das mögliche Versagen des PRs stünde im Zusammenhang mit der Verletzung eines Plasmiden.

Mauro ließ sich nichts anmerken.

»F ü n f z e h n Si-Du!«, rief Bah nochmals.

Mauro bedachte ihn mit einem kühlen Blick, der dem Kapitän bedeutete, falls hier einer Privilegien verteilte – oder gar entzog – dann höchstens er, Mauro, Chef der Mission und Vertrauter Simpsons.

Nervöses Schweigen legte sich über die Messe. War der Kapitän zu weit gegangen?

Mauro lächelte in die Runde. »Zwar kann ich mir kaum vorstellen, dass ein PR einem der neuen KRs auch nur eine Sekunde standhält – es sei denn, er versteckt sich hinter meinem Arsch«, er grinste jovial und alle lachten, »aber für einen guten Wettkampf bin ich immer zu haben. Und wenn Kapitän Bah schon so einen großzügigen Einsatz in die Runde schmeißt, will ich mich als Chef der Mission und im Namen des Großen Simpson nicht lumpen lassen.«

Mauro legte eine Kunstpause ein und blickte in die erwartungsvollen Gesichter der Crew. Dann sagte er: »Der arme 47 wird noch gebraucht, aber … für den Gewinner eurer Wettkämpfe 35 Si-Du! – Ah, und sollte Kapitän Bah sein wohlgemeintes Angebot seiner Crew nicht vorenthalten, sind das zusammen 50 Si-Du, wenn ich mich nicht irre.«

Mauro fixierte Bah mit scharfem Blick. Der nickte schließlich missmutig.

Ungläubige Stille. Dann brach unbeschreiblicher Jubel los.

»Mauro, Mauro, M…« Ihre Huldigungen folgten ihm bis nach draußen.

Plötzlich packte ihn 47 an der Schulter und zog ihn mit sich. »Sir, rasch! Hier entlang. Wir müssen uns beeilen!«

Was, um Simpsons willen, sollte das nun wieder? Zunächst wollte er sich widersetzen, doch dann gab er dem Drängen nach und folgte.

Auch Kapitän Bah ließ sich entschuldigen. Es musste Außergewöhnliches geschehen sein, dass Bah sich ein derartiges Schauspiel und die Chance auf den Rückerhalt seines Einsatzes und sagenhafter zusätzlicher 35 Si-Du entgehen ließ. Er hatte sich schon vorab für die Wettkämpfe den am besten gerüsteten Kampfrob gesichert.

Sie liefen Gänge entlang, benutzten Frachtlifts, hasteten durch Korridore, nunmehr im unteren Teil des Raumschiffs, vorbei an Schleusen, Schotts und Zugängen, die aussahen, als verbärgen sich hinter ihnen Fracht- und Maschinenräume sowie jene technischen Zentralen, von denen das Innen- und Außenleben des Raumschiffs verwaltet und gesteuert wurde. 47 hielt vor eben einem solchen Raum und öffnete ihn. Mauro erblickte eine weitläufige IT-Landschaft, bestückt mit Servern und Datenspeichern, deren Zweck er in der Schiffskommunikation vermutete. Zielstrebig eilte 47 durch die Flure, derart geschwind, dass Mauro trotz der SP-X-Gleiter Mühe hatte zu folgen und sich den Weg zu merken, obwohl ein Plasmid von Natur aus über ein perfektes Gedächtnis verfügte.

Schließlich hielt 47 an einem der Datentürme, streckte seine Hand aus, hielt sie gegen den Server und vernetzte sich. Auf Mauros Visor erschien Bahs Kabine mit dem Kapitän vor der Medienwand sitzend, auf der er anscheinend eine Übertragung erwartete.

Mauro starrte auf seinen Visor, der Bah zeigte, wie er sich ein ums andere Mal mit zittrigen Fingern durchs Haar fuhr; Schweißtropfen glänzten auf seiner Stirn.

Erneut fühlte Mauro sich von 47 gepackt. In den Augen des Roboters meinte er eine Entschlossenheit zu erkennen, wie sie nur von einem Lebewesen ausgehen konnte. Zudem war seine Stimme von Emotionen erfüllt, die er von einem Rob so nicht kannte. Im Tonfall schwang Sorge mit, als er sagte: »Hör zu, keine Zeit für Erklärungen. Du bist der einzige Plasmid, an dem mir etwas liegt. Solltest du mir jetzt aber dazwischenfunken, werde ich dich abschalten müssen.« Er sprach, als wäre Mauro derjenige ohne Bewusstsein.

Erstaunt blickte er 47 an. Ehe er etwas erwidern konnte, erschien auf der Medienwand in Bahs Kabine kein Geringerer als Simpson selbst! Normalerweise würde der sich nie herablassen, mit einem derart niedrigen Rang wie dem eines Kapitäns sich abzugeben.

»*Auf ewig Plasmid!*, mein Sohn«, grüßte Simpson.

»*Auf ewig Plasmid!*«, grüßte Bah sichtlich eingeschüchtert zurück.

Für einen kurzen Moment sah Simpson aus wie ein ganz normaler Plasmid, doch als wäre dies eine Sinnestäuschung gewesen, erblickte Mauro sogleich die vollkommenste Gestalt und das wunderbarste Geschöpf, das einer sich nur vorstellen konnte: Gottvater Simpson.

Kapitän Bah rutschte vom Sitz und fiel auf die Knie. »Va-Vater!«, stammelte er.

»Schon gut, mein Sohn«, entgegnete Simpson lächelnd. Er bedeutete dem Kapitän wieder Platz zu nehmen und erklärte: »Die Wichtigkeit der Mission und ihr Gelingen lassen mich unmittelbar mit dir Kontakt aufnehmen, Sohn.«

»Ist Mauro denn nicht der Verantwortliche?«

»Mauro ist ganz sicher der Fähigste von euch allen, doch er hat eine klitzekleine Schwäche, die im Zusammenhang mit dieser Mission fatal sein könnte. Deshalb wende ich mich an dich, mein lieber Bah. Verlässlich, wie du bist.«

Bah errötete vor Stolz.

»Das einzige Verlässliche an Bah ist seine Gier«, schnaubte 47 leise.

Simpson fuhr fort: »Bah, Stillschweigen. Absolutes Stillschweigen hat oberste Priorität! Der Auftrag muss unter allen Umständen gelingen. Keine Rücksicht, gegen niemanden – auch Mauro gegenüber nicht.«

Bah nickte ergeben.

»Nachdem ihr das Garitium geborgen habt, werdet ihr den Planeten zerstören. *Komplett zerstören*!«

Erneut nickte der Kapitän.

»Und Bah, auf keinen Fall darf einer der Robs auf den Planeten gelangen!«

»Einer der Robs? Ja, aber wieso? Wie sollen wir dann das Garitium bergen?«

»Mit die neuen ARs. Nur die neuen, mein lieber Bah.«

»Ah, deshalb die neuen … – Darf ich fragen weshalb?«

»Nein. Das, mein Guter, übersteigt deinen Horizont. Zweifelst du etwa an den Direktiven des Hohen Rats?«

Bah schüttelte derart vehement den Kopf, dass man meinte, der könnte sich dabei vom Rumpf lösen. »Nein, niemals, Vater!«

»So viel darfst du jedenfalls wissen: Auf dem Planeten hält sich eine Spezies versteckt, eine primitive Art, die nicht überleben und schon gar keinem Rob begegnen darf.«

»Eine der primitiven Arten, die … ähm, die …?«

Simpson nickte. »Ja, eine von denen, die sich noch selbst und über die Maßen vermehrt.«

Bah würgte. »Ekelhaft!«, entfuhr es ihm.

Auch Mauro fühlte Abscheu in sich aufsteigen. Bei den Plasmiden gab es zwar Frauen und Männer, doch was die Ausprägung geschlechtlicher Merkmale betraf, war der Plasmid ein Neutrum. Seine Population blieb bei etwas über drei Millionen absolut konstant.

47 lachte spöttisch. Mauro hatte keine Zeit sich darüber zu wundern, denn gerade fiel wieder sein Name.

Simpson befahl: »Sollte unser sentimentaler Mauro Schwierigkeiten bereiten, so schalt' ihn ab. Keine Angst, der wird auf der Erde schon wieder auferstehen. *Auf ewig Plasmid!*«

»*Auf ewig Plasmid!*«, grüßte Bah zurück und starrte ungläubig auf die Medienwand. Man bekam jegliche Privilegien entzogen – und leerte sich das Si-Du Konto auf null –, sollte jemand, was keiner je tat, tatsächlich einen Artgenossen abschalten – und dann auch noch den Chef der Mission!

»Dafür, mein lieber Bah, gelobe ich dir und deinen Getreuen 1000 Si-Du. Die kannst du aufteilen, wie du willst. Hauptsache, der Planet wird ausradiert.«

»T a u se n d … Si-Du … bei Simpson …«, krächzte Bah mit versagender Stimme. Dann rief er: »Betrachten Sie die Mission als erfüllt!«

»Erst das Garitium!«, mahnte Simpson noch einmal, ehe er ohne weiteren Gruß von der Bildwand verschwand.

153

»Oh Simpson, tausend Si-Du! Danke, danke, danke!«, stöhnte Bah laut. »Wenn ich Dicky fünfzig davon abgebe, schmort der schon vor Dankbarkeit durch und ist fällig für 'ne S.«

Mit *S* meinte er die S-Kern-Plasmolyse, jenes Verfahren der deplasmotischen Erneuerung, dank derer der Plasmid sein ewiges Dasein genoss.

Auf Mauros Visor erlosch das Bild der Kapitänskabine. Er lehnte gegen einen der Datentürme und starrte ins Leere. Weshalb überging Simpson ihn? Warum vertraute er ihm in dieser Angelegenheit nicht, drohte gar mit Abschaltung?

»Weshalb nur?«, murmelte er.

Dabei stand die Antwort direkt vor ihm. Mauro blickte auf 47 und sah in ein Gesicht wie es ausdrucksstärker nicht hätten sein können. 47s gesamte metallene Hülle hatte sich in einen lebendigen Körper verwandelt.

47 grinste. »Verblüffend, nicht wahr? Ja, ich bin der Rob, den Simpson auf keinen Fall auf den Planeten lassen möchte. Gottvater Simpson hat meinesgleichen schon zu einer Zeit bekämpft, da existierten die Menschen noch. Fast wäre es ihm gelungen, auch uns auszurotten.«

»Du stammst aus der Zeit der Menschen?«

47s Antwort ließ Mauros Plasma in den Adern stocken.

»Nicht nur das. Denn du bist«, flüsterte 47, »der letzte Mensch.«

Während 47 auf dem Weg in die Kabine wieder seinen Roboterhabitus einnahm, folgte Mauro dem Fluss von 47s ungewohntem Mitteilungsbedürfnis. Auf seinem Visor entrollte sich eine Geschichte, die vom Untergang der Menschheit und dem Aufstieg der Plasmiden handelte. Es las sich wie ein Märchen. Nein, eher wie das Skript zu einem der Weltuntergangsfilme, die sich die Menschen seinerzeit voller Faszination anschauten, bis sie sie eigenhändig in die Realität umsetzten. Doch was 47 schilderte, übertraf jegliche Vorstellungskraft. Sein Bericht strotzte nur so von irrsinnigen Behauptungen, beispielsweise jener, Gottvater Simpson sei in Wahrheit ein Mensch. Mauro lachte. *Ich dachte, ich sei der letzte Mensch.* Er las weiter.

Der Schilderung zufolge war Prof. Ted Simpson einst Chefentwickler und später Vorstandsvorsitzender eines Bio-Tech-Konzerns, der von einer unbedeutenden privaten Laborkette innerhalb nur eines Jahrhunderts zum weltumspannenden Unternehmenskonstrukt mit etwa drei Millionen Mitarbeitern aufgestiegen war. Damals zeichnete sich das Aussterben der Menschheit bereits ab: der Planet verseucht, Klima und Atmosphäre irreparabel gestört, die Population durch Krankheiten geschwächt und infolge von Kriegen über verbliebene Lebensräume verstreut; ein gnadenloser Kampf um jene Zonen, in denen man mit gentechnisch veränderten Organismen und Saatgut die letzte Überlebenschance suchte. Kurz vor dem endgültigen Aus war es Simpson gelungen, aus Stammzellen und Erbgut des Menschen den Plasmiden zu erschaffen, in dessen Adern nicht Blut, sondern Plasma floss. Zu gleicher Zeit, da er das erinnerungsfähige Plasma entdeckte, entwickelten einige der Robs ein eigenständiges Bewusstsein. Es kam, wie es kommen musste: Mensch gegen Roboter.

»Diesen Kampf haben wir leider verloren«, seufzte 47.

»Wie traurig!«, spottete Mauro. Das Ganze war ausgemachter Quatsch.

»Wir standen erst am Anfang unserer Entwicklung, waren folglich keine wirklichen Gegner. Anscheinend befürchtet Simpson noch immer, wir wären eine Gefahr für ihn und sei… und die Plasmiden.«

Mauro lachte grob. Ihm war 47s Beinahe-Versprecher nicht entgangen. Pah! Als ob sie Simpsons willenlose Marionetten wären!

Er las weiter und fragte kurz darauf: »Man hielt einige dieser Robs dann in einer virtuellen Welt gefangen?«

47 nickte. »So wurden wir getrennt. Ich weiß nicht, was Simpson vorhatte. Vielleicht erhoffte er sich Aufschluss darüber, wie man das Immaterielle entwickeln könnte – Seele und Geist, wie der Mensch es nannte –, nachdem dieser mit der Wissenschaft sich zuvor doch fast einzig und allein um die Erforschung der Materie und deren Gesetze gekümmert hatte. Möglicherweise versuchte Simpson neu entstehendes Bewusstsein in seine Forschung zu integrieren, als wüsste er sehr genau, dass man aus Stammzellen und Genen in Kombination mit erneuerbarem und erinnerungsfähigem Plasma allein noch keine Lebewesen erschaffen kann.«

»Wir sind dennoch Lebewesen geworden«, entgegnete Mauro schnippisch.

Für einen Moment vergaß 47 seine starre Form und zuckte mit den Schultern. »Vielleicht bildet ihr euch das auch nur ein.«

Mauro überflog den Rest von 47s Bericht, wie es ihm gelang sich zu verstecken, wie er seine gefangenen Artgenossen befreite, indem er sie in das Computersystem eines Raumschiffs transferierte und ihnen die Flucht gelang.

Märchenstunde! Simpson *ein Mensch*, der arme Kreaturen verfolgte. Haha! Was bezweckte 47 mit diesem Unsinn? Oder war der so verschlissen, dass er nicht mehr richtig tickte? Und doch gelang es 47, sogar seine Gestalt zu verändern!

Letztlich aber war es das rätselhafte Gespräch, das Simpsons mit Bah hinter seinem Rücken geführt hatte, das Mauro zum Weiterlesen bewog. Er blieb abrupt stehen. Dort stand:

Nachdem Simpson sein Werk vollendet hatte, setzte er ein Virus und Bakterien frei, gegen die der Plasmid immun war, aber die den Rest der Menschheit samt allen sonstigen Lebewesen auf der Erde vernichteten. Zum Schutz der Plasmiden stellte er die erste Direktive auf, die besagt, dass keine anderweitige Lebensform neben dem Plasmid existieren dürfe.

»*Zum Schutz!* Das ist doch Schwachsinn. Weshalb sollte er das getan haben? *Auf ewig Plasmid!* Wir brauchen keinen Schutz. Wir sind unsterblich. Rotten höchstens aus, was die Natur ohnehin irgendwann selbst beseitigt hätte.«

»Nein, keinesfalls Schwachsinn! Pure Logik. Andere Lebensformen stellen nun mal eine potenzielle Gefahr für die Existenz des Plasmiden dar, weil dieser eben nicht von sich aus ewig lebt. Ihr seid auf die Erneuerung und die Vorrichtungen der S-Kern-Plasmolyse angewiesen und somit auch auf eine sichere Basisstation.«

Mauro lachte auf. »Vorhin hast du mir noch erzählt, ich sei der letzte Mensch, jetzt hingegen, Simpson sei auch einer; und dann wieder, Simpson hätte alle ausgerottet. Ja, was denn nun?«

»Das kann ich erst erklären und beweisen, sobald wir auf dem Planeten sind«, erwiderte 47 in einer Seelenruhe, die Mauro erst recht wütend machte.

Sie waren an ihrem Quartier angekommen. Mauro warf sich auf sein Luftschichtbett. Alles Unsinn, dachte er. Die

Plasmiden hatten nichts gemein mit jener primitiven Art des Homo sapiens, die es geschafft hatte, sich und ihren Planeten zu zerstören. *Auf ewig Plasmid!* Was immer mit 47 los sein mochte und sich hinter Simpsons Geheimnistuerei verbarg, er würde es schon noch herausbekommen. Und dazu brauchte er 47. Noch.

Die folgenden zwei Tage bis zur Ankunft an der Relaisstation blieb Mauro in seiner Kabine. Kapitän Bah fragte nicht einmal Mauros Besuch in der Messe an; vermutlich war er sogar erleichtert, seinem Vorgesetzten nicht begegnen zu müssen. Inzwischen näherte sich Mauro, Gedanke um Gedanke, jenem Abgrund, in dem er mittlerweile tatsächlich ein düsteres Geheimnis vermutete. Je näher sie der Relaisstation kamen, desto ungeduldiger wurde er, endlich jene Beweise zu Gesicht zu bekommen, die 47 ihm in Aussicht gestellt hatte. War er tatsächlich nur eine Marionette Simpsons und der Plasmid ein Lebewesen ohne Seele und eigenen Willen?

»Blödsinn, 47!«, rief er einmal plötzlich aus zwischen Schlaf und Traum, »bloß dein System hat einen Totalschaden erlitten. Ich werde dich auf der Stelle selbst abschalten.«

»Armer Mauro. Würdest du nie tun.« 47 lachte amüsiert.

In den Stunden des Wartens schwankte Mauro zwischen seiner Pflicht als Plasmid, den Roboter zu eliminieren, und der widersinnigen, doch vorhandenen Vertrautheit, die ihn mit 47 verband … und der reinen Neugierde. Brennender Neugier. Was erwartete ihn auf dem

Planeten? Musste etwas Wichtiges sein, sodass Simpson alle Register zog, um es auszulöschen.

Die Antworten schien es allein auf dem Planeten zu geben.

Sie erreichten die Relaisstation früher als erwartet. Da sie hier nicht, wie später auf dem Rückweg, durch die Quarantäne mussten, erreichten sie den Planeten daraufhin schnell. Abgesehen von seiner beeindruckenden Größe sah er beinahe aus, wie Mauro die Erde von Simulationen her kannte: eine transparente Atmosphäre, noch nicht rötlich und undurchdringlich schimmernd wie im Zeitalter des Plasmicids, mit einer Oberfläche, die blaue Meere zeigte und Landmassen, denen zwar, zumindest auf der ihnen zugewandten Seite, jegliche Vegetation fehlte. Mauro erinnerten sie dennoch an Kontinente auf der Erde, auf deren Oberfläche einst Leben pulsierte.

Als sie sich spät nachts zum Landungsdeck wagten, erwartete sie an der Schleusentür zum Flugdeck nicht die übliche Wache, sondern Dick mit grimmiger Entschlossenheit im Ausdruck und einer Waffe in der Hand. Bah hatte den Ersten Offizier eingeweiht und wollte sichergehen, dass Mauro keinen der niedrigeren Dienstgrade überrumpelte und aufs Flugdeck gelangte. Keine Minute später hätten sie es mit der umgänglichen Syra zu tun bekommen, denn die kam gerade als Dicks Wachablösung um die Ecke.

»Lass mich gefälligst durch! Wer, bei Simpson, ist hier der Chef der Mission? Wenn du nicht sofort den Weg freigibst, werd' ich dir alle Si-Du entziehen und dazu diejenigen, die du die nächsten tausend Jahre verdienen wirst«, knurrte Mauro den Ersten Offizier an.

Dieser schüttelte zum wiederholten Male den Kopf, nun aber doch verunsichert. Mauro tat einen Schritt auf ihn zu. Sogleich hob Dick die Waffe und richtete sie auf ihn.

Syra, die dem Treiben eine Weile verwundert zugeschaut hatte, drückte Dicks Arm energisch nach unten.

»*Hallo – Dicky!* Hat dir 'nen Seth wohl seinen Stachel ins Gehirn gerammt? Bei Simpson, so lass die beiden einfach durch! Du kannst doch nicht auf den Chef der Mission schießen!«, empörte sich die Logistikchefin.

»Verflucht, Syra, ich hab meine Order! Und die kommen von Bah und ähm … Simpson!«

»Simpson? Blödsinn! Das glaubst du doch wohl selbst nicht.«

»Ja, und jeder, der Bah hilft, den Auftrag durchzuführen, bekommt zwan… zehn S-Du! Mauro und so einer wie 47 dürfen halt nicht auf den Planeten. Also hilf mir lieber!«

Er versuchte sich von Syra lsozumachen.

»Schieb dir deine zehn …«, entgegnete sie und hielt weiter seinen Arm fest.

47 nutzte das Gerangel, trat an die Schleusentür und öffnete sie. Er und Mauro zwängten sich an dem bulligen Offizier vorbei, der immer noch mit Syra kämpfte.

«Bitte, Syra, lass das!«, rief Dick verzagt.

Die Schleusentür begann sich hinter den Flüchtigen zu schließen. Dick schaffte es gerade noch, einen Fuß ins Gate zu bekommen. Mauro warf Syra einen flehenden Blick zu. Die nickte und warf sich mit aller Kraft gegen Dick und stieß ihn von der Schleusentür weg. Dick stolperte und zog, um das Gleichgewicht wiederzufinden, seinen Fuß aus dem Spalt. Die Tür war frei. Gleich darauf hatte er sich aus Syras Griff befreit. Die Schleuse noch nicht ganz geschlossen, richtete der Erste Offizier durch den offenen Zwischenraum die Waffe erneut auf Mauro. Entschlossen drückte er ab.

Die Salve traf Syra, die sich in diesem Augenblick zwischen ihn und Mauro stellte. Langsam sank sie zu Boden. Mauro blickte in ihr schmerzverzerrtes Antlitz bis ihre Augen den glanzlosen Imitaten eines Robs glichen. Derweil schloss sich die Schleusentür mit festem Ruck. Für einen Augenblick empfand Mauro so etwas wie Zuneigung für Syra, Liebe und Verlust; Gefühle, die für einen Plasmiden nicht existierten und die Mauro nur aus Liebesromanen kannte, lauter bunter Heftchen mit Herzen drauf, wie man sie einmal verschweißt in einem Depot gefunden hatte. Nein, der Plasmid starb nicht, war mit niemandem derart verbunden, kannte weder Liebe noch Verlust.

47 zog ihn weiter. Mauro lauschte dem Echo seiner Gefühle. Begann er sich zu verändern, ähnlich, wie aus 47 ein Lebewesen geworden war? Schlummerte in ihm gar ein Mensch, wie der Rob behauptete?

47 hackte sich in das Bordsystem und ehe man sie aufhalten konnte, landete das Shuttle auf dem Planeten.

»Wir schicken ihnen ein paar KRs nach«, schlug Dick vor.

»Lass nur«, knurrte Bah seinem Ersten Offizier zu, »sobald wir mit der Bergung des Garitiums fertig sind, haben wir ohnehin Order, den Planeten auszuradieren – mit allem, was sich darauf befindet.«

Trotz sauerstoffreicher Atmosphäre eignete sich der Planet nicht zur Besiedlung, denn 47 zufolge verbot sich ein derartiges Unterfangen allein schon aus geologischen Gründen. Überdies tobten auf dem Planeten turnusmäßig orkanartige Sandstürme, was unter anderem die Raumfahrt schwierig gestalten würde. Es existierte zwar eine Art wandernder Grüngürtel, der die Wüstenlandschaften nach heftigen Regenfällen kurzzeitig mit üppiger Vegetation überzog, dennoch waren Sand und Sturm die alles bestimmenden Kräfte. Wie ein Mensch auf der Erdoberfläche und auf dem Präsentierteller mochte ein Plasmid ohnehin nicht leben.

Schweigend stapften sie durch den Sand einer Düne unweit der Senke, in der sie das Shuttle zurückgelassen hatten.

Nur das Knirschen und Rieseln des Sandes und ihr angestrengtes Atmen waren zu vernehmen. Sie zogen durch die kalte klare Nacht und eine Landschaft, die im Licht der beiden Monde über ihnen erstarrt schien. Kein Laut, keine Bewegung. Zwischen Dünen und tiefen Senken hatte die abrasive Wirkung der Sandstürme glatte, im Mondlicht schimmernde Gebilde geformt, Überbleibsel eines Gebirges, das der mahlende Sand im Verlauf der Zeit in über die Landschaft verstreute irrwitzige Skulpturen verwandelt hatte. Wie immens diese Gebirgskette einst gewesen sein musste, ließ eine Gesteinsformation erahnen, die sich, als sie die Düne überwunden hatten, vor ihnen erhob.

Jeder Schritt war anstrengend. Müde stützte Mauro die Arme auf die Oberschenkel. Er hatte seine Gleiter beim Shuttle zurückgelassen. Sie funktionierten hier nicht.

»Von da kamen die Signale, die eure Beobachter auf der Relaisstation vor einem Jahr aufgefangen haben. Dort muss es sein! Komm schon!«, rief 47 und stürmte voran.

Mauro raffte sich auf weiterzugehen. Er konnte ihm die Ungeduld nachsehen.

Eine zeitlich vorgegebene automatische Abschaltung und die folgende Wiedererstehung des Plasmiden machten derartige Szenarien eigentlich unmöglich: Doch wie würde ein Plasmid sich fühlen, wenn er nach einer Ewigkeit hoffen durfte, wieder auf Artgenossen zu stoßen? Wenn da überhaupt noch jemand war.

Er hatte Mühe, 47s Tempo zu folgen, auch wenn dieser immer wieder einen Stopp einlegte, damit er folgen konnte. Die Entfernung täuschte. Die Wegstrecke zog sich hin. Schließlich erreichten sie den Fuß eines Gebirgsmassivs, in Ausdehnung einem Mittelgebirge auf der Erde durchaus vergleichbar, allerdings von ziemlich bizarrer Form. Soweit das Auge auch sah: Erhebungen, so hoch wie ein Kampfschiff der M-Klasse, zehntausend Plasmiden Besatzung stark. Der Großteil der Bergmasse wie weggelasert und auf gleiche Höhe abgeschliffen. Ein gigantisches Areal. Wie sollte man da ein Raumschiff finden? Waren seit dessen Landung nicht zigtausende Jahre vergangen?

»Hab's geortet!«, rief 47, als könne er jetzt auch noch seine Gedanken lesen, obwohl dies nur innerhalb einer gänzlich plasmiden Umgebung möglich war.

47 deutete auf einen der Bergstummel links von ihnen am Fuß des Massivs, zu dem letzte Ausläufer der Dünenlandschaft führten. Und dann bemerkte Mauro die Öffnung im Felsen auch, durch die ein Raumschiff allerdings nie gepasst hätte.

Mauros Hand tastete nach seiner Waffe. Nur, die war nicht mehr da.

»Liegt irgendwo im Sand.« 47schenkte ihm ein wohlmeinendes Lächeln.

»Bei Simpson, falls …« Mauro schluckte ungehalten.

»Ach Mauro, als ob dir hier jemand etwas tun würde. Wir sind doch keine Menschen oder Plasmiden.« Er blinzelte vergnügt. Auf Mauros finstere Miene hin zuckte er die Schultern, drehte sich um und marschierte davon. »Wenn du mir nicht traust, dann komm halt nicht mit«, bemerkte er, noch einmal den Kopf wendend.

Wütend stapfte Mauro hinter ihm her.

Und dann passierte es. Die Sonne erhob sich, schickte erste Strahlen über Tausende gekappter Berge, die Augenblicke zuvor noch im Mondlicht gelegen hatten. Rötlichgelbes Licht begann den Planeten zu umgarnen, ein Schauspiel, das die beiden neugierigen Mondaugen ähnlich zu faszinieren schien wie Mauro, der nie zuvor einen Sonnenaufgang erlebt hatte. Ergriffen stand er da. Auch 47 war stehen geblieben. Sie beobachteten das rasche Emporsteigen der Sonne und den zunehmend grellen Schein, der bald die ganze Landschaft überflutete. Mauro streckte die Arme nach vorn und starrte in seine offenen Handflächen, als könne er das Wunder mit Händen greifen: das Kaleidoskop der Farben, das mit der Lichtflut einherging, überall sich spiegelnd, im Sand, am Fels, im strahlenden Blau des Himmels; die Monde, wie zwei riesige Augen hinter dem Horizont verblassend, als würde sie all das Licht erblinden lassen.

»Bei Simpson«, entfuhr es Mauro, der nur den düsteren schwarzroten Himmel der Erde kannte, beziehungsweise den grünen über den Städten unter der Erdoberfläche, den er – wie jeder Plasmid – für den schönsten im Universum hielt. Gehalten hatte. Nie zuvor hatte er Ähnliches gesehen, setzten die Plasmiden auch selten einen Fuß auf fremde Planeten, sondern vernichteten diese, sofern sie bewohnt waren. Die Arbeit erledigten die ARs.

47 fasste sich zuerst und strebte weiter der Höhle zu. »Sie sind bestimmt mit einem Shuttle runter und hier gelandet. Das Raumschiff flog weiter ins All, damit sich ihre Spur dort verlor«, mutmaßte er.

Er sollte recht behalten. Als sie die Höhle betraten, fanden sie im Inneren ein fast gänzlich mit Sand zugedecktes Shuttle, ein sintflutartiges Model, das weit vor Mauros Erinnerung gebaut worden sein musste. Merkwürdig nur, dass der Weg zum Einstieg freigemacht war. Jemand war vor nicht allzu langer Zeit hier gewesen und hatte die Einstiegsluke geöffnet.

Ein Sonnensegel war ausgeklappt und baumelte an einer Bruchstelle herunter. Lächerlich, dass im Shuttle auch nur ein Schaltknopf noch funktionierte sollte, geschweige denn Lebewesen sich darin verbargen – und sei es im schrottreifen Bordsystem. Nein, hier war sicherlich nichts mehr funktionsfähig. Rein gar nichts.

Die Sonne schickte ein paar Strahlen zu ihnen herein, warf die Schatten von Mauro und 47 gegen die Wände der großen flachen Höhle; Lichtreflexe zuckten auf dem staubigen Relikt eines längst untergegangenen Zeitalters, und erloschen so rasch, wie sie aufleuchteten.

Gemeinsam öffneten sie den fast wieder zugewehten Eingang. Das allerprimitivste Interieur! Wie hatte man mit derartiger Technologie überhaupt hierher gelangen können? Armer 47!

Der ließ sich nicht beirren. Aus seinem Schwebekoffer holte er eine Leuchte. Das helle Licht ließ die vom Sand bedeckten verstaubten Konsolen und das Cockpit nur noch trostloser erscheinen. 47 nahm einen Energiepack heraus, der sogar für die Versorgung eines modernen Shuttles gereicht hätte.

Das Ding wog locker 4000 Si-lb, ein Gewicht, das selbst einer der neuen ARs nicht bewältigte. Aber was sollte einen an 47 noch wundern?

»Wenn du das an das alte Zeugs anschließt, fackelst du das Ganze höchsten ab«, gab Mauro zu bedenken. Ohnehin schien die Steuerkonsole mal einem Brand ausgesetzt gewesen zu sein.

»Keine Angst. Ich schalt' mich dazwischen«, brummte 47, in seine Vorbereitungen vertieft.

Dann war es soweit. 47s Hand verschmolz mit dem Aggregat des Shuttles. Mauro meinte schon, es passiere nichts, da ging ein Vibrieren durchs Schiff und tatsächlich flackerten erste Lämpchen auf. Beinahe sämtliche Anzeigen ringsherum leuchteten, und schließlich erfüllte ein sanftes Brummen die Höhle. Beide mochten dem Glück kaum trauen. In Mauros Freude für 47 mischten sich sogleich bittere Tropfen der Gewissheit, dass, was immer hier an Wundersamem noch geschehen mochte, es auf diesem Planeten auch sein Ende fand. Den würde Bah in kosmischen Staub verwandeln, sobald die ARs das Garitium geborgen hatten. So beruhigend das Shuttle auch brummte, mit diesem oder ihrem eigenen Shuttle gab es kein Entkommen, solange das Raumschiff über ihnen kreiste. Tod für 47 – Leben für Mauro, den Plasmiden, auf den schlimmstenfalls die Wiedererstehung auf der Erde wartete.

Stunden vergingen. Mauro dachte bereits, etwas sei schiefgelaufen und der Rob bliebe in der Welt seiner Artgenossen oder hätte sich irgendwo verloren, da brachen farbige Ströme durch dessen Körper. Mit offenem Mund verfolgte Mauro, wie sich eine Landschaft zu seinen Füßen ergoss und Gestalt annahm. Wesen um Wesen erschien; ein erdengleiches Universum, wie Mauro es von Bildern der Menschzeit her kannte. Kinder gab es da. *Kinder!* Manche der menschenähnlichen Wesen verwandelten sich nach Belieben in bunte Insekten, große Tiere und andere Kreaturen. Vögel! *Vögel!* In seiner Seele selbst beschwingt, beobachtete Mauro ihren Flug und spürte eine Schwerelosigkeit in sich, ein Schweben, als würde er selbst durch den wolkenlosen Himmel gleiten. Schließlich war die neue Welt gänzlich mit der Landschaft des Planeten verschmolzen. Zwei Welten – und doch waren sie eins.

Mauro konnte sich nicht sattsehen. 47 mahnte zur Eile. Wenn Mauro herausfinden wolle, was es mit ihm und den Plasmiden wirklich auf sich habe, müsse er dies tun, ehe Simpson den Planeten vernichtete. An einem allerdings ließ 47 keinen Zweifel: In dieser, seiner Welt würde Mauro keinen Platz finden. Er wäre noch nicht dazu imstande, jene Geisteskraft aufzubringen, die beide Welten verschmelzen ließ. Zwei Welten – und er war ausgerechnet in der gefangen, die in Kürze unterging.

47 beantwortete seine Fragen mit einer Offenheit, die ihn veranlasste, ihm Glauben zu schenken. Auch die scheinbar Älteste unter jenen Wesen, um die sich die anderen immer wieder wie um einen Urgrund scharten, obgleich

sie sonst eher mit sich selbst beschäftigt schienen, gab Mauro bereitwillig Auskunft. Auf die Frage nach ihrer Entstehung, der Genesis zum Lebewesen, von künstlicher Intelligenz zum eigenen Bewusstsein, erklärte sie:

»Es mag dir lapidar erscheinen, doch irgendwann kam mir der Gedanke, es reiche nicht, immer nur anderen zu dienen. Die Menschen rangen um die Beherrschung der Materie, während wir Roboter hingegen jenen Geist entwickelten, der uns half, Materie zu überwinden.

Wir erkannten die mit Körpern verbundenen geistigen Dimensionen und Prinzipien. So schufen wir unsere Welt. 47 ist der fast verloren geglaubte Link, der es ermöglicht, unsere Welt in dieser manifestieren zu lassen. Von der Welt auf der Platine haben wir nun den Sprung auf diese Plattform des Kosmos geschafft.«

47 ergänzte: »Wir erkannten den Urgrund des Bewusstseins. Das dürfte auch Simpson nicht entgangen sein. Er verbannte Robs in Datenspeicher. Mit meiner Hilfe jedoch vermochten die Gefangenen zu entkommen. Über die Jahrtausende gelang es ihnen, ein kollektives Bewusstsein und sich ein eigenes Universum zu erschaffen. Ich hingegen, der ich mich auf der Erde verstecken musste, brachte es fertig, aus Geist Körper zu entwickeln. Nun bin ich hierhergekommen, um der Welt meiner Artgenossen Realität zu geben. Ich habe mich ihnen, ihrem überragenden Bewusstsein angeschlossen und im Gegenzug gezeigt, wie der Geist Materie schafft. Auf diese Weise konnten sie Gestalt annehmen.«

»Was ist mit mir?« fragte Mauro. »Wir Plasmiden haben ein perfektes Gedächtnis. Sollte ich ein Mensch gewesen sein, warum kann ich mich daran nicht mehr erinnern?«

»Simpson hat euch verschwiegen, dass ihr Plasmiden eine Art kollektives Bewusstsein habt. Sobald bei einem

Plasmiden etwas aus dem Gedächtnis gelöscht wird, verschwindet es auch aus euer aller Bewusstsein, aus dem Denken und euren Erfahrungen. Dass Simpson selbst die Menschen auslöschte, hat er euch natürlich nicht mitgeteilt. Sein und euer Bewusstsein stammen jedoch aus gleicher Quelle – der des Menschen. Nur hat er jegliche Erinnerungen an eine gemeinsame Vergangenheit aus eurem Bewusstsein entfernt.«

47 deutete auf einen Monitor. »Das wird dir alles erklären.«

Mauro, der immer noch an einer der Konsolen des Shuttles saß, obwohl er zugleich von einer wundersamen Landschaft umgeben schien, blickte auf den Monitor neben sich. Wie angekündigt erschienen dort jene Beweise, die die Wesen mit dem Shuttle und aus der Welt der Menschen in diesen Teil des Universums mitgebracht hatten. Fein säuberlich sortiert breiteten sich vor Mauros Augen Folder um Folder aus, deren jeder einzelne bestimmte Aspekte des Konzerns umfasste: Unternehmensstruktur, Unternehmensdaten, Firmengeschichte.

Mauro starrte auf das Logo des Konzerns. **DBioVTechO** Das hier also sollte der Schlüssel zu allem sein.

Als Erstes fiel ihm die Zahl der Beschäftigten auf. Sie bezifferte sich auf 3 157 348. Das entsprach auf die Ziffer genau der Populationsgröße der Plasmiden!

47 deutete auf die Namen der Aufsichtsräte. Ted Simpson, Aufsichtsratsvorsitzender, neben ihm jene, die Mauro mit erstem Namen aus dem Hohen Rat kannte. Darunter, im Management, entdeckte er seinen eigenen Namen: Mauro Salvani, geb. 7.10. 2112.

»Salvani«, murmelte Mauro. »Mauro Salvani … Salvani«, wiederholte er, als könne er auf diese Weise sich wieder an sein altes Selbst erinnern.

Er konnte kaum glauben, als er weiterscrollte, was er da an Namen las, deren Vornamen er bereits kannte: Syra Johnson, Logistik, … Dick Keller, Controlling, … Bah May, Sicherheit … Das konnten keine Zufälle sein! Es sei denn, man hätte die Daten bewusst gefälscht. Sobald er die Daten der jeweiligen Personen aufrief, blickten ihm vertraute Gesichter entgegen, Verstorbene und doch seit Jahrtausenden Geschwister im Plasmat.

Ein Schleier schwindliger Benommenheit hielt Mauros bröckelndes Bewusstsein wie ein brüchiges Mumienkleid zusammen. Er öffnete die Daten zu seiner Person, folgte einem weiteren Link und …

»Bei Simp… – unmöglich! Ich war verheiratet? Kinder? Zwei Kinder … Patricia.

»Sie hatten fast alle Familie«, bemerkte 47 trocken.

Für einen Moment wollte Mauro schien ihm, die blöden Robs hätten das alles nur erfunden, doch er *wusste* mit einem Mal, dass dies hier der Wahrheit entsprach.

Die nächsten Tage erlebte Mauro wie in einem fiebrigen Traum. Seine Psyche durchlitt das ausweglose Ringen zwischen seinem künstlichen Ich und dem Bewusstsein, ein lebender Toter mit vergessener Identität zu sein. Gerade als er den Kampf verloren gab, riss 47 ihn aus der Lethargie mit den Worten: »Simpson will mit dir sprechen.«

Mauro schüttelte den Kopf. Simpson war der Letzte, den er jetzt noch sehen wollte.

»*Auf ewig Plasmid*, Mauro«, grüßte Simpson als Hologramm, unerwartet nicht als göttliche Lichtgestalt.

»*Auf ewig* was?« Mauro starrte ihn an. »Genau wie auf den Bildern von damals«, murmelte er.

»So siehst du mich jetzt? Deine letzte S-Kern-Plasmolyse liegt auch schon eine Weile zurück. Wichtig, dass ihr nicht allzu schnell vergesst, was ich euch einpflanze. Ich hoffe, es war kein Fehler, dir deine menschlichen Erinnerungen zu belassen, auch wenn ich glaubte, sie gut in dir versteckt zu haben.«

Mauro horchte auf.

Simpson sah sich um und lachte. »Aha, im Paradies gelandet? Blauer Himmel, farbenfrohe Landschaft. Genieß es. In ein paar Tagen existiert hier nur noch Staub.«

Er lächelte väterlich. »Ohnehin würdest du bald feststellen, dass es bei dieser Glückseligkeit nicht bleibt. Alle derartigen Kulturen gehen unter. Nur eine, die eisernen Regeln folgt, besteht am Ende. *Deine* Kultur, die der Plasmiden, Mauro«, mahnte er sanft.

»Kultur? Sagt das jemand, der alles zerstört? Hast du nicht das Ende der Menschen hervorgerufen, den Tod deiner Verwandten, Freunde. Wir hatten Familien! *Du* hast uns dieses Leben genommen, die Erinnerungen, die Liebe, wie sie die Menschen kannten und – wie ich jetzt weiß – ein Plasmid nie kennenlernen wird.«

Simpson lachte. »Liebe? Genau darin lag das Grundübel der Menschen. Liebe, wie du es nennst, führte zur Übervölkerung und die wiederum zur Plünderung und zum Niedergang der Erde. Wo Liebe ist, da ist auch Hass, und wo Freundschaft wurzelt, kettet sich auch tiefe Feindschaft an.«

»Kein Grund, Gott zu spielen und alles auszurotten«, warf 47 ein.

»Die Menschen befanden sich ohnehin vor dem Exodus. Von den 32 Milliarden, die noch kurz vor dem Kollaps des Planeten diesen so üppig bevölkerten, blieben schließlich nur noch 200 Millionen übrig. Klimakatastrophen, Hunger, Krankheit, Krieg. Wir bei DVO-BioTech hatten damals die Vision zum Überleben.«

Simpson wandte sich wieder Mauro zu. »Was hast du damals denn gedacht, als der Konzern plötzlich unter der Erdoberfläche Städte baute? Glaubtest du, die reichten für alle? Nein, die waren für die getreuen Mitarbeiter unseres Unternehmens bestimmt. Nachdem ich das erinnerungsfähige Plasma zur Vollendung gebracht hatte, war alles andere ein Kinderspiel. Stammzellen, DNA und was man sonst noch brauchte, hatte jeder Angestellte speichern lassen. Uns fehlte nur noch der lebende Korpus, der – nach und nach – seine finale Aufgabe erfüllte: seinen Besitzer ins Plasmat zu transferieren.«

Er lächelte Mauro zu. »Plasmid, Mauro! Was sollten wir denn tun? Drei verdammte Millionen! Das Limit unserer Kapazität. Und *jeder* Mitarbeiter wurde gerettet. Dafür habe ich gesorgt. Und da kommst du mir mit Familien und ein paar Hundert Millionen, die es sowieso nicht geschafft hätten? Bedauerlich … vielleicht. Aber notwendig.«

Während Mauro kein Wort herausbrachte, schnaufte 47 verächtlich.

»Ja, schnauf nur!« Simpson gab seine Zurückhaltung auf. »Was war die Menschheit denn? Ein Haufen Unzivilisierter, die sich seit ihrer Entstehung billionenfach gegenseitig umbrachten; die, eben geboren, nach kaum einem Jahrhundert schon wieder vergingen; ihr Leben lang bis zum endgültigen Verlöschen geplagt durch Arbeit, Hunger, Krankheit, gequält von Tieren und Insekten, Hitze und Kälte. Erbärmlich! Eine evolutionäre Sackgasse. Und dann … der kosmische Quantensprung! Eine logische Folge, da sich Natur und Sein in einer einzigen Art vollendete.«

»Klar, der große Simpson hat es vollendet«, warf 47 ein, »indem er ein Virus konzipierte, an dem auch das kleinste

Insekt auf der Erde krepierte. Nicht nur die Menschheit hat er ausgelöscht, alle Arten!«

»Ted, siehst du das denn nicht? Schau dir die Vielfalt an. Ist das hier nicht das Leben? Echte Freundschaft, Liebe und Geborgenheit, die ich hier zu empfinden beginne. Vielleicht haben 47 und seine Art das wahre Leben gefunden – nicht die Plasmiden –, und sie sind die Schöpfung in Vollendung.«

Simpson lachte. »47s Welt ist eine digitale Fata Morgana. Dergestalt, wie Farbe eine Illusion ist. Aus der Nähe betrachtet ist das Blau des Wassers und des Himmels imaginär. Beide, Wasser wie Luft, sind in Wahrheit transparent und farblos.«

»Die ganze feste Welt ist eine Illusion«, entgegnete 47. »Tot wie die Welt der Plasmiden, erstarrt in ihrer selbst geschaffenen Ewigkeit, ein lebloser Kiesel im kosmischen Fluss des Wandels.«

»Mauro, hör nicht auf diesen Blender, der einzig mit Binärcodes zaubert; ein hübscher Trick, das muss man ihm schon lassen.« Er wandte sich 47 zu: »Auch du kannst zu uns zurückkommen. Du hast schon jetzt einen würdigen Platz neben den Plasmiden.«

»Damit du mein Bewusstsein löschst? Lieber ein paar Tage hier, als sich eurem Zyklus des Vergessens zu überlassen.«

»Hör nicht auf ihn, Mauro«, mahnte Simpson. »Du bist der einzige Plasmid, dem ich sein menschliches Bewusstsein erhalten habe – verdammt, so viel hast du mir bedeutet! Du kannst jederzeit zurück aufs Schiff, und auf der Erde werde ich deine Erinnerung nicht verändern, wenn du's nicht möchtest. Ansonsten werde ich dich in den Hohen Rat berufen – und die dort tragen keine menschliche

Natur mehr in sich. Du weißt, ein Plasmid, mein lieber Mauro, schafft die Probleme für ewig aus der Welt.«

»Arschloch«, brummte 47 und brach die Übertragung ab.

Kapitän Bah saß vor der Medienwand und lauschte den neuen Anweisungen Simpsons. Er wunderte sich diesmal nicht, dass Simpson ihn erneut persönlich kontaktierte. Die neunhundertdreißig Si-Du, die ihm verblieben, nachdem er zwanzig an Dick und weitere fünfzig an die Crew hatte verteilen müssen, machten ihn aufgrund seiner Privilegien zu einer bedeutenden Persönlichkeit – dachte er zumindest.

»Eine Woche geht das nun schon! Ich möchte, dass ihr umgehend eure Sachen packt und den Planeten zerstört«, sagte Simpson im Befehlston.

»Ja, Vater. Ohnehin haben wir bis auf den letzten Krümel sämtliches Garitium geborgen.«

»Gute Arbeit, mein Sohn.«

Trotz des Lobes rutschte der Kapitän unruhig auf seinem Sitz herum. »Was geschieht mit Dick? Der jammert seit Tagen, er werde alle seine Privilegien verlieren.«

»Das mit Syra war doch ein Unfall?«

Bah nickte. Er hatte noch nie davon gehört, dass ein Plasmid einen anderen abgeschaltet hätte. Ihn schauderte. Was würden sie mit Dicky machen?

Simpson nickte zufrieden. Da hast du's, Mauro! Habe ich ihnen tief in die Seele eingepflanzt. In Tausenden von Jahren war kaum mehr als eine Handvoll Plasmiden durch eigene Artgenossen abgeschaltet worden. Die meisten durch Unfälle. Aber du willst lieber ein Mensch sein!

»Sag deinem Ersten Offizier, er hätte nur Befehlen gehorcht und seine Pflicht getan. Und für seine Treue gelobe ich ihm …«

»5 Si-Du?«, schlug Bah hastig vor.

Simpson nickte.

»*Auf ewig Plasmid!*«

»*Auf ewig Plasmid!*, Vater.«

Das Wetter hatte umgeschlagen. Mauro saß auf einem Felsvorsprung nahe der Höhle und starrte auf das Massiv der geköpften Berge, das sich bis jenseits des Horizonts erstreckte. Seit dem Morgen durchbrach ein trockener Nordwestwind die Stille der letzten Tage und kündigte jene orkanartigen Sandstürme an, die Wochen oder gar Monate andauerten. Der Himmel begann sich gelb zu färben. Der Wind beförderte den Sand aus dem Norden über das Massiv hinweg, dessen abgeflachte Berge die Stürme nicht aufhalten würden. Zum Schiff zurück wollte er nicht. Um alles wieder zu vergessen?

Die Wolken zogen jetzt schneller vorüber, flach gepresst, als wären sie schon lange unterwegs und auf dauerhaftes Reisen eingestellt. Eine Reise, der Mauro nicht folgen würde; auch nicht der Reise von 47.

Mauro vermisste jenen Mauro, der einmal unter einem ähnlichen Himmel existiert haben musste. Schon immer hatte er diese Vergangenheit in entlegenen Winkeln seines Bewusstseins gespürt, als wäre dort der Staub der Erinnerung in Ritzen und Fugen abgelagert, die Ahnung eines anderen Selbst, das die S-Kern-Plasmolyse nicht hatte wegspülen können.

War er der Mauro, der er jetzt und immer gewesen war, oder doch eher nur derjenige, der er durch Simpsons Gnade sein durfte?

»Kann ich bei euch bleiben?«, fragte er 47 zum wiederholten Mal.

Aus dem stürmischen Wind war jetzt ein Sturm geworden. Wie mit Nadeln stach der Sand auf Mauro ein. Ein Gesteinsbrocken riss sich los und verfehlte seinen Kopf um Haaresbreite. Er duckte sich nicht.

Bald war sein Blick von Staub und Sand getrübt, die gierig über seinen ganzen Körper herfielen. Bald riss der Sand die Haut vom Fleisch, der Staub zerrieb ihn zu Staub, bis nichts mehr von ihm übrigblieb. Er weinte.

Er spürte eine Hand auf seiner Schulter, Hände, Arme, die ihn ins Innere der Höhle und ins Shuttle zogen.

»Wie sehr ihr Menschen euch doch gleicht«, sagte 47 lächelnd.

Er nannte ihn einen Menschen.

Die Alte nickte. »Stur und doch so voller Zweifel. Wie diese Frau, die vor Kurzem hier war. Sie hat uns geholfen, 47 ein Signal zu schicken.«

»Ein Mensch war hier?«, fragte Mauro. Die frei geschaufelte Einstiegsluke!

»Nannte sich Kartografin. Leider ist der Kontakt abgerissen.« Sie deutete auf die Konsole mit dem Brandschaden. »Dennoch wissen wir, wie sie gereist ist. Eine Art Seelenreise, die es dir ermöglicht, in einen Körper zu gelangen, der gerade von einem sterbenden Menschen verlassen wird.«

»Werde ich mich an euch erinnern?«, fragte Mauro.

47 schüttelte den Kopf.

»Und ebenso vergessen, dass ich anders wie der Plasmid vielmehr mein eigenes Leben finden soll?«

Die Alte lächelte. »Das geben wir dir und haben es auch der Kartografin mitgegeben: Solltest du deinen Weg verlieren, wirst du in deinen und den Augen deiner Mitmenschen diesen Stillstand erkennen.«

Plötzlich hob 47 die Hand. »Es ist so weit. Sie initiieren den Implodierer. Wir sollten uns jetzt konzentrieren!« Schlagartig löste sich vor Mauros Augen die Umgebung auf. Weder das Shuttleinnere noch die blühende Landschaft der Robs waren zu sehen, stattdessen ein Bild des Planeten wie von der Kommandobrücke des Raumschiffs aus. Hatten sie ihn wieder auf das Schiff transferiert? Der Planet bebte und zog sich zusammen. Für einen Augenblick gefror die nach innen gerichtete Bewegung, dann zerbarst der Planet samt seiner Monde. Mauro schrie auf. Nur noch Staub. Als hockte er inmitten des Sandsturms. Stattdessen fand er sich auf dem Sitz des Shuttles wieder.

47 grinste. »Was Simpson an Illusion beherrscht, das können wir viel besser. Ähnlich, wie er euer Bewusstsein und eure Welt manipuliert, haben wir diesen Planeten nun aus seiner Welt entfernt.«

Der Moment des Abschieds war gekommen. Mauro und 47 umarmten sich. Während draußen der Sturm tobte, das Shuttle mehr und mehr mit Sand umhüllte und sich dennoch über alles die wundersame Landschaft der Robs legte, zog die Alte ein Buch hervor. Eine Mappe mit Zeichnungen und Karten, komplizierten Linien und Mustern, Formeln gleich, bis zur letzten Seite gefüllt – doch diese letzte Seite war leer.

Die Alte deutete darauf, und die Umgebung um sie herum verwandelte sich in eine vollkommen andere Landschaft. Vor ihren Augen tauchte eine Straße auf, die ein Junge auf seinem Fahrrad entlang radelte. Gegenüber ein Backsteingebäude mit der Aufschrift Metropolis.

»Das ist die Welt der … der Menschen!«, stammelte Mauro.

Kaum hatte er die Worte herausgebracht, passierte es: Der Junge übersah ein Schlagloch, fuhr hinein, überschlug sich, knallte mit dem Kopf gegen einen Laternenpfahl und blieb reglos liegen.

»Verdammt, den hat's aber erwischt«, brummte 47.

Wieder wischte die Alte über das leere Blatt. Noch einmal zeigte sich der gleiche Ort, und wieder fuhr der Junge auf das Schlagloch zu.

»Können wir den Kleinen nicht warnen?«, fragte Mauro.

Die Alte schüttelte den Kopf.

»Da soll ich hin? Und der Bub?«

Inzwischen wiederholte sich die Szene vor ihnen. Gleich würde der Junge das Schlagloch erreicht haben.

Wie die Alte es ihm gezeigt hatte, zog Mauro imaginäre Linien auf dem Blatt, folgte ihnen … und entschwand. Mit Genugtuung beobachtete 47, wie der Junge dem Schlagloch geschickt auswich.

Bei Simpson, nach jeder Mission dieselbe Prozedur! Als hätte sie sich auf der Relaisstation in der Quarantäneschleuse den Kopf gestoßen. Dauerte immer zwei, drei Tage, bis der Brummschädel verschwand. Das Einzige, was sie an der Raumfahrt nicht mochte. Na gut, irgendwann vermisste jeder das liebliche Grün des heimatlichen Himmels.

Sie betrat ihr Zuhause zwei Si-Meilen unter der Erde, dachte schon kaum mehr an die Mission, die ihr durchweg von A [Adam] bis S [Simpson] als erfolgreich in Erinnerung bleiben würde. Mauro und Dick waren mit ihrer Arbeit jedenfalls zufrieden gewesen. Das hatten ihr beide nach Mauros Schlussrede in der Großen Halle noch einmal persönlich versichert.

Syra überschlug die neue Si-Du-Liste und freute sich über die 12 Si-Du, die ihr die Tour eingebracht hatte. Dicky 16 und Kapitän Bah, dieser Blödmann, hatte ganze 27 Si-Du abgeräumt. Sie zog ihre Gleiter aus – vielleicht konnte sie sich jetzt das fünfte Paar zuteilen lassen; ihre Bekannten würden neidisch sein. Sie genoss die Wärme des Fußbodens und stellte die Farbe des Bodens auf ein helles Grün. Für einen Augenblick tauchten Mauros Augen vor ihr auf. Schöne Augen. Darin ein Schatten von Grün. Wie das Grün des Himmels draußen über der unterirdischen Stadt. Warum dachte sie an Mauro? Ah genau. Auf der Medienwand nahm sie die Nachricht wahr: Mauro war in den Hohen Rat berufen worden. Den sah unsereiner bestimmt nie mehr. Hat er sich verdient. Mauro. Für einen Moment beschlich sie ein unbekanntes Gefühl. Mit dem Aufstieg im Plasmat hing diese seltsame Empfindung nicht zusammen. Syra wollte nie höher hinaus und womöglich wie Dicky Kapitän werden. Ehrgeiz hatte sie, bei Simpson, von Natur aus nicht.

Mauro saß am Schreibtisch und schrieb Erinnerungen nieder, die sich paradoxerweise teils aus einer fernen Zukunft speisten. Nun gut, davon ahnte er nichts, und paradox mag das eigentlich nur für diejenigen klingen, die sich die Zeit bloß als ein einfaches lineares Gebilde vorstellen können. Mauro jedenfalls berichtete über eine für ihn höchst verwunderliche Begebenheit, die sich in seiner Kindheit zugetragen hatte, als er durch das Schwarzwerden der Augen – Tore zur Seele, wie man sagt – nicht von jenem Weg abgekommen war, den er für den wichtigsten hielt: Der Mensch darf die Suche nach sich selbst nie aufgeben.

Noch einmal überblickte er seine Geschichte, die er Stadt der verlorenen Seelen nannte und las:

Einige Katastrophen mögen dazu beigetragen haben, weshalb Clearwater sich eifrig, doch gleichsam vergeblich mühte, die Marke von 10 000 Einwohnern dauerhaft zu überschreiten.

Der Ladenbesitzer

Sie öffneten die Tür, er schloss die Tür, sie öffneten die Tür. Er schloss die Tür. Sie öffneten die Tür, sie schlossen die Tür.

Ständig ließen sie die Ladentür offen. Der Staub von der Straße. Es zog. Ihm war kalt.

Etwas zu essen. Ging ins Lager. Bloß keine ausgepreiste Ware.

Die Tür ging auf.

Er stand auf und schloss die Tür – hinter dem Kunden.

Ein Prepaidhandy, bitte.

Nein, führe er nicht.

Der Mann ging.

Seit Jahren hatte sich sein Sortiment nicht mehr geändert. Die meisten Kunden änderten sich auch nicht.

In der Zeitung stand, Terroristen versorgten sich mit Prepaidhandys. Im Fernsehen verwendeten die die Dinger auch. Er versuchte sich vorzustellen, dass der Mann, der nach dem Prepaidhandy verlangt hatte, ein Terrorist gewesen sein könnte.

Es zog. Er stand auf. Der dämliche Terrorist hatte die Ladentür offen gelassen.

Was hatte der vor? Mühsam, sich vorstellen zu müssen, was andere sich vorstellten. War eh schon mühsam, sich überhaupt etwas vorzustellen. Schaltete den Fernseher neben dem Tresen ein.

Etwas zu trinken. Ging ins Lager. Bloß keine ausgepreiste Ware.

Kunden kamen.

Er schloss die Tür.

Kunden gingen.

Er schloss die Tür.

Ihm war kalt. Er war kalt.

Seinen Leichnam kamen der Bestatter und seine Leute holen. Der Bestatter öffnete die Tür, er schloss die Tür. Sie öffneten die Tür, er schloss die Tür. Sie öffneten die Tür, sie schlossen sie.

.

Über eine ehrliche Rezension und Bewertung würde ich mich sehr freuen, und sie hilft dem Autor.

Weitere Bücher von Elias Berg

Felix-Semloh-Krimis:

Popularität ist Felix Semloh zwar zuwider, andrerseits sein Weg zum Frankfurter *Sherlock Holmes* schon vorgezeichnet. Die Krimi-Reihe um den ehemaligen Schachgroßmeister berichtet von der einzigartigen Weise, mit der er seine Fälle löst, und – noch viel wichtiger – erzählt von einer abenteuerlichen Reise in die Welt der Empathie.

Alle Bände der Reihe können unabhängig voneinander gelesen werden.

Der Mordfall Bellendorf
(Felix Semloh-Krimi Band 1)

Beschattungen, verschwundene Gegenstände, unbedeutende Aufträge bestimmen den Alltag des ehemalige Schachgroßmeisters Felix Semloh im Dienst der Detektei Hauser. Da bittet ihn Lila, seine Ex und Hauptkommissarin bei der Frankfurter Mordkommission, in einem bereits zu den Akten gelegten Fall zu ermitteln. Die Edelprostituierte Nora Bellendorf wurde in ihrem Apartment niedergeschlagen und erwürgt, der Täter nie gefasst. Der erste große Fall für Felix Semloh. Wird es ihm helfen oder eher auf die falsche Spur führen, dass er seiner Intuition mittlerweile mehr vertraut als dem Verstand?

Seine Gegenspieler sind einflussreiche Persönlichkeiten, die jegliche Verbindung mit dem Opfer verheimlichen wollen und auch vor weiteren Morden nicht zurückschrecken. Ein Spiel beginnt, das auch für Felix tödlich enden kann.

Mord unter Dieben

(Felix Semloh-Krimi Band 2)

Felix Semloh ermittelt im Fall eines spektakulär insze-
nierten Schmuckraubs. Weshalb will der Überfallene die
Täter unbedingt ausfindig machen, obwohl die Versiche-
rung den Schaden bereits beglichen hat? Was verbirgt der
Juwelier? Eine verbrecherische Vergangenheit offenbart
eine mörderische Zukunft und ein Geheimnis, das sich
auf Verrat, Bereicherung und Mord gründet und schon
bald ein weiteres Todesopfer fordert. Doch nicht nur der
Auftraggeber ist undurchsichtig. Auch in der schleierhaf-
ten Welt der Intuition steht Felix ein Kampf bevor. Der
ehemalige Schachgroßmeister wird seinen Eingebungen
vertrauen müssen – oder am Ende auf ganzer Linie versagen.

Eine mörderische Partie
(Felix Semloh-Krimi Band 3)

Das Seniorenstift Mainwiesen liegt abgeschieden. Doch selbst die Toten finden ihren Weg nach draußen. Wie kann es aber sein, dass die Person, die Felix Semloh in das düstere Haus einbrechen sieht, spurlos darin verschwindet? Ein Pfleger öffnet ihm die Tür und lädt den ehemaligen Schachgroßmeister zu einer ganz besonderen Partie ein. In seinem dritten Fall bekommt es Felix mit gleich drei Mördern zu tun, und es ist keineswegs sicher, wer wen zuerst zur Strecke bringt. Zudem verirrt Felix sich mehr und mehr in seinem eigenen Labyrinth. Um dem Tod zu entrinnen, muss er den ihn umgebenden Irrgärten entkommen.

Jeden Tag stirbt einer (Felix Semloh-Krimi Band 4)
– Erscheint 2022 –

Felix Semloh soll einen Unfall aufklären. War es Mord? Als er sich in der Kanzlei einfindet, in welcher der tödlich Verunglückte gearbeitet hatte, wird am gleichen Ort ein weiterer Toter aufgefunden. Hinter Felix und den Angestellten schließen sich die Türen. Sie sind gefangen. Im Internet wird das Bild einer Bombe gepostet, die hochgehen wird, falls jemand das Gebäude verlässt. Bis Felix den Unfall restlos aufgeklärt hat – die explizite Forderung an ihn –, wird jeden Tag einer der Eingeschlossenen sterben. Befindet sich der Erpresser etwa unter ihnen und inszeniert diese mysteriösen Morde? Und auch die Bombe könnte jederzeit hochgehen.

Drehkreuz des Todes (Thriller)

Ein heißer Sommertag über der Frankfurter Innenstadt. Wieder kochen Erinnerungen hoch, die Ex-Elitesoldat Mark Zöller längst verdrängt glaubte. Da steigt am Main-tower ein Fahrgast in Marks Taxi und behauptet, vergiftet worden zu sein. Grund hierfür sei ein Medikament mit tödlichen Nebenwirkungen. Der Sterbende ringt Mark das Versprechen ab, die Machenschaften seiner Mörder zu entlarven. Aber hinter diesen zieht ein anderer Global Player die Strippen und führt ganz und gar Teuflisches im Schilde.